Opening

손끝에 묻어나는 향기
나는 지금 그 향기를 당신과 나누려고 합니다.
때로는 사랑이
피어나는 꽃처럼 덧나는 상처가 되고
그리움이 석류 한 알의 과즙처럼 출렁이지만

별이 궤도를 이탈하지 않는 것처럼
나는 당신을 떠날 수 없습니다.

_____ 님께 이 마음을 전합니다.

진심
　　합심
열심

우리는 지도를 앞에 놓고 있습니다.
인생이라는 먼길을 가기 위해
진정 무엇이 필요한지는 아직 모릅니다.

순풍이 불어오면 안전하게 항해할 수 있지만,
때로는 사나운 폭풍우에 시달릴 수도 있습니다.
우리는 그 속에서 운명이라는 그림을 그려 나갑니다.

희망의 등잔이 앞을 비추고, 지혜가 우리의 길을 안내합니다.
우리는 시간의 줄을 엮어서 정교한 매듭으로
아름다운 무늬를 만들고 있습니다.
꿈은 우리를 새로운 발전의 세계로 끌어당깁니다.

우리는 사랑을 원합니다.
그 사랑은 크고 깊고 자유로운 것입니다. 사랑은 자유입니다.
사랑은 얽매임의 틀을 벗어나 더 큰 세계로 뻗어 나갑니다.

우리들의 사랑을 만드는 세 가지 마음

진심 거짓이 없는 참된 마음
합심 두 사람이 마음을 하나로 합하는 것
열심 온 정성을 다하여 힘쓰는 마음

카렌 테레사 지음 ― 박해림 옮김

밀리언셀러
million seller

:
:

네 안에 나를 던질 수 있다면

시간은 마치 은어처럼 유영(游泳)합니다. 나는 시간을 따라 거슬러 올라가는 물고기를 보았습니다. 나의 시간을 소중히 여기면서 찰나의 순간조차 사랑을 위해 바칠 수 있다면, 영겁의 세월도 그리 긴 것은 아닙니다.

나의 가슴을 여노라면 그 속에 담긴 사랑을 항상 볼 수 있습니다. 그 사랑은 어김없이 '너'를 향하고 있습니다. 이 가슴 헤집어 그 사랑을 꺼내서 너에게 던질 수만 있다면…….

이 땅에는 시련이 단단한 뿌리를 내리고 있습니다. 그

런 시련을 견디는 것은 몹시 힘겨운 일입니다. 때로는 사랑을 위협하고 아득한 길로 내몰기도 합니다.

사랑에 지친 적도 있었습니다. 사랑한다고, 어쩌면 작은 가슴으로 다 채우지도 못할 만큼이나 사랑한다고, 하지만 그 사실을 알았을 때에는 이미 너무 늦어버려서 가슴앓이만 하다가 그대로 돌아서던 일. 밤길 밝히며 먼길을 가지만 자꾸만 목이 메어서 네 이름 부르지 못하고 하염없이 서 있던 일.

너무나 사랑하는 너에게 가장 많은 상처를 입히게 되는 것은 내가 그 사랑에 전부를 걸고 있기 때문입니다. 나, 너를 위해 몸을 묻습니다, 사랑에.

마음은 감정이 머무르는 장소입니다. 마음은 너무 약해서 쉽사리 부서지기도 하지만, 사랑을 담고 있으면 새로운 노래를 부를 수 있습니다.

다시 시간이 흐르고, 나는 여러 해 동안 나의 가치와 능력과 사랑을 믿기 위해 노력을 기울였습니다. 하지만 수많은 경우에 시험을 이겨내지 못했습니다. 모든 선(善)과 사랑의 근원을 올바르게 이해할 수 없었던 것입니다.

사랑은 홀로가 아닙니다. 그러나 나는 너무나 오랫동안 외로움에 익숙한 삶을 살아가고 있었습니다. 고난의 순간이 다가올 때 나는 안정을 찾아 헤매었지만, 그럴수록 점점 더 깊은 절망 속에 빠지게 되었습니다.

나는 고독만을 즐기면서 다른 사람들과의 만남을 일부러 피했습니다. 나의 귀중한 것들을 온통 빼앗으려는 적(敵)이라고 생각했던 것입니다. 진정으로 마음을 나눌 만한 기회가 없었습니다.

하지만 사랑을 얻고 우리가 서로 얼마나 비슷한가를 알았을 때, 너무 많은 것들이 변했습니다. 우리는 모두 인생의 바다를 항해하는 동반자입니다. 칼릴 지브란은 사랑에 대해 이렇게 말하고 있습니다.

"사랑이란 자기 외에는 아무것도 주지 않으며 자기 외에는 아무것도 구하지 않는 것. 사랑이란 소유하거나 소유당할 수도 없으며 다만 사랑 그것으로 충분한 것."

참으로 얻기 힘든 사랑이지만, 소중하게 간직하고 보살피는 것은 더욱 어려운 일입니다.

나는 날마다 사랑에 대한 단상을 기록하면서, 나의 사랑을 수정처럼 투명한 것으로 만들기 위해 많은 노력을 기울였습니다. 이 책 속에 담긴 내용들이 나와 너 사이의 간극을 연결하는 다리가 되기를 원합니다. 이 책의 유일한 목적은 우리의 삶과 사랑을 더욱 아름다운 모습으로 만들려고 하는 것입니다. 또한 세상의 모든 것들이 사라진 듯이 보일 때, 우리에게 희망을 주려고 하는 것입니다.

부디 이 책을 사랑이 넘치는 선물로 받아주시기 바랍니다. 사랑이라는 마법의 땅으로 들어가면 날마다 새로운 시작이 열립니다. 사랑이, 나를.

|차례|

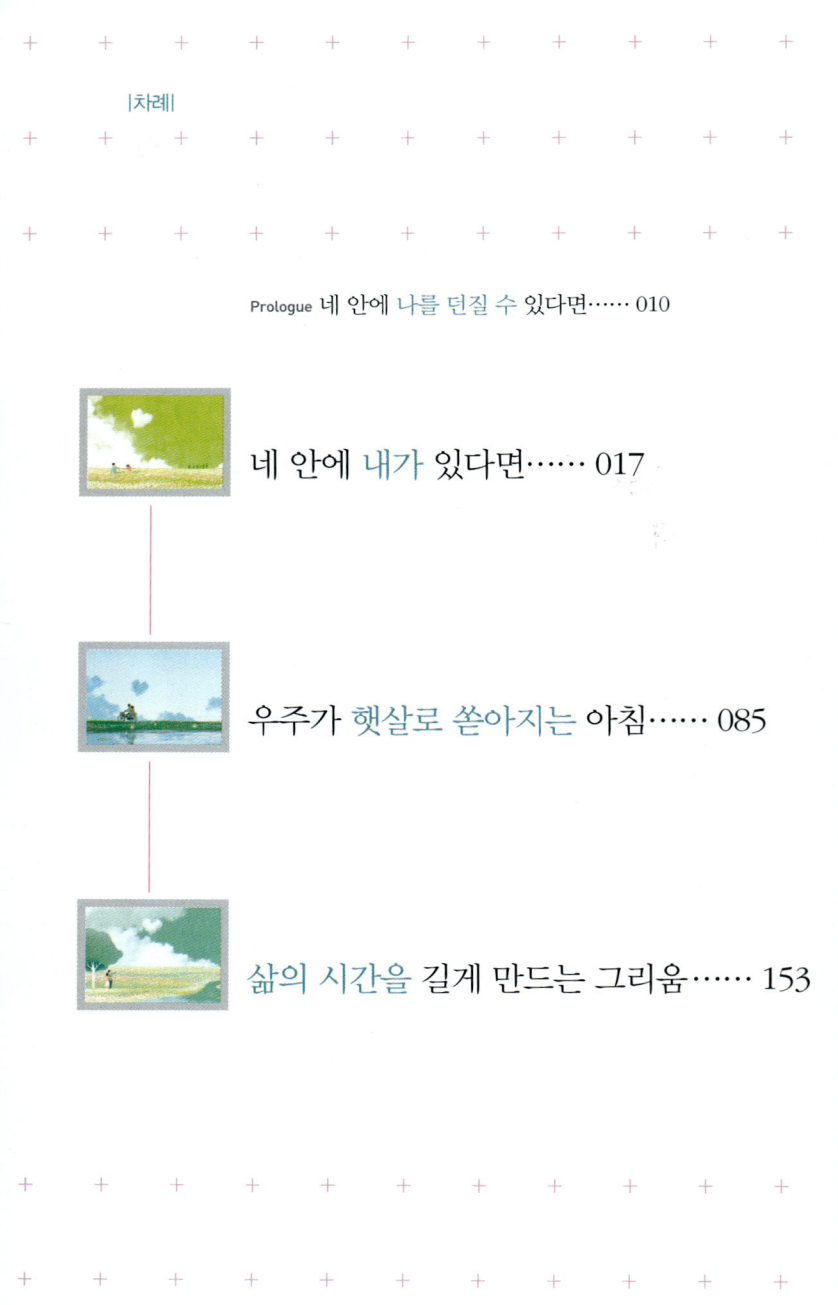

Prologue 네 안에 나를 던질 수 있다면······ 010

네 안에 내가 있다면······ 017

우주가 햇살로 쏟아지는 아침······ 085

삶의 시간을 길게 만드는 그리움······ 153

사랑이 저무는 숲으로…… 221

세 개의 달이 뜨는 저녁…… 289

그리고 당신의 사랑을 담은 우화……357

Epilogue 내 인생의 나침반…… 424

사랑, 이보다 더 아름다운 단어가 또 있을까요? 사랑에는 아무런 경계선도 없습니다.

그것은 현실의 그 무엇도 초월할 수 있다는 의미를 담고 있습니다.

사랑을 하고 사랑을 받는, 서로를 믿고 신뢰하는 그런 관계는 우리에게

한없는 풍요로움을 선사합니다. 고통이나 시련이 없는 인생은 없습니다.

고통이나 시련은 성장을 촉구하는 새로운 깨달음을 얻기 위해 반드시 필요합니다.

성장의 선물은 사랑입니다. 그러므로 고통과 사랑은 하나로 연결됩니다

우리 모두는 이 세상에 태어나는 그 순간부터 사랑의 도구를 가지고 있습니다.

그러나 감히 사용할 만한 용기를 내지 못하고 있는 것입니다.

사랑하는 사람의 말에 귀를 기울이면서 나를 나누어주는 것은 바로 사랑의 시작입니다.

어느 누군가에게 사랑을 베풀고 있을 때, 우리의 영혼은 귀족처럼 고귀하게 됩니다.

그리고 내가 사랑받을 만한 가치가 있다는 사실을

다른 사람에게 보여주는 것이기도 합니다.

네 안에
내가 있다면

사랑은 베푸는 일로 성장한다
사랑을 유지하는 유일한 길은 사랑을 베푸는 것이다

　사랑은 우리의 영혼을 촉촉하게 적시는 비. 우리는 사랑을 나누기 위해 지금 이곳에 있는 것입니다. 메마른 영혼은 사랑의 비를 맞으면서 다시 생기를 회복할 수 있습니다.

　사랑은 나 혼자 독점할 수 있는 것이 아닙니다. 서로 나누고 공유하는 것이기에 '모두' 의 것입니다. 하지만 우리는 서로가 서로에게 얼마나 중요한 존재인지 올바르게 인식할 수 있는 눈을 못 가졌습니다. 그렇기 때문에 서로 다투고 질시하는 것입니다.

　우리는 무엇보다도 먼저 사랑하는 사람의 말에 귀를 기울여야 합니다. 때로는 몹시 지루하고 아무런 흥미도 느낄 수 없지만, 그래도 마음을 열어 놓으면 그 진심을 느낄 수 있을 것입니다. 사랑은 서로의 가치를 더욱 소중한 것으로 만들고 있습니다.

사랑을 알리는 나의 말 한 마디는 영롱한 진주처럼 스스로 빛을 발할 수 있습니다. 사랑하는 사람이 걸어가는 인생의 행로에 도움을 주고 있다면, 행복의 노래가 우리의 미래를 아름답게 수놓을 것입니다.

지금 비가 내리고 있습니다. 사랑의 비, 쏟아지는 비를 맞고 서 있으면 더욱 넉넉한 마음이 됩니다.

마치 홍역라도 같은 사랑은 인생에서 늦게 찾아오면 그만큼 더욱 악화됩니다.

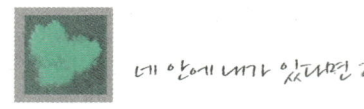

눈에 보이지 않는 사랑의 가치를 믿으면서
그것을 기반으로 인생을 살아가는 것
사랑은 바로 우리가 미래를 열 수 있는 유일한 길이다

미래가 우리의 손길을 기다리며 눈앞에 서 있습니다. 시간은 우리에게 성장의 기회와 커다란 가능성을 선물하고 있습니다. 험난한 도전이 우리에게 다가옵니다. 도전을 통해 우리의 목표는 차츰 커지고, 우리는 더욱 성숙할 것입니다.

다가올 미래에 대해 확신을 가지고 기대에 찬 마음으로 미래를 바라보다 보면 성공이 성큼 다가옵니다. 우리는 아직도 지난날의 어두운 시절을 생생히 기억하고 있습니다. 앞날에 대한 어떤 희망도 없는 것처럼 보이던 그 순간을……

우리는 오직 불길한 사건으로만 가득한 미래를 두려운

시선으로 바라보았던 것입니다. 그 당시의 두려움과 공포는 완전히 사라지지 않았습니다. 이따금씩 우리를 엄습하기도 합니다.

그러나 더 이상 두려운 기억 때문에 하루 종일 시달릴 필요가 없습니다. 그런 기억은 단지 아득한 과거의 작은 흔적에 불과합니다. 지금 우리는 얼마나 자유로운지 모릅니다. 우리 앞에는 수많은 미래가 놓여 있습니다.

나는 확신을 가지고 앞으로 걸어갈 수 있습니다. 차근차근 쌓아나가는 나의 발걸음이 안정된 미래를 보장한다는 믿음을 품은 채, 함께 길을 가는 다른 사람들에게도 손을 내밀 것입니다.

사랑은 생명의 꽃이다
우리는 먹고 입는 것만큼이나 사랑이 필요하다
어떤 사람들은 사랑을 훨씬 더 필요로 한다

고통이나 시련이 없는 인생은 없습니다. 고통이나 시련은 성장을 촉구하는 새로운 깨달음을 얻기 위해 반드시 필요합니다. 성장의 선물은 사랑입니다. 그러므로 고통과 사랑은 하나로 연결됩니다. 그러나 때때로 사랑의 환희는 맛보지 못한 채 고통의 무거운 짐만을 느끼게 되는 경우도 있습니다.

인생을 변화시키려는 시도를 해 보기도 전에 우리는 고통이라는 무거운 짐에 시달리고 있었습니다. 그러나 그 고통으로 인해 얻을 수 있는 새로운 깨달음에 대해서는 미처 알지 못했습니다. 우리는 언제나 우리 곁에 존재하는 기쁨은 붙잡지 못하고 매 걸음마다 고통스러운 경험만을 더해가고 있었습니다.

그러나 저기 희망이 우리를 기다리고 있습니다. 사랑이 손을 내밀고 있는 것입니다. 우리는 서로에 대해 마음을 활짝 열고 사랑을 응시할 수 있어야 합니다. 고통의 껍질을 벗겨버리면 그 속에 감추어진 사랑의 씨앗을 발견할 수 있습니다.

적당한 휴식과 영양이 필요하듯이, 우리의 인생에는 사랑이 필요합니다. 우리가 직면하게 될 다양한 경험들에 대해 좀 더 나은 전망을 가지려면, 넘치는 사랑이 필요한 것입니다.

새로운 발견은 나에게 새로운 선택 기회를 제공합니다. 그리고 모든 짐은 반드시 가볍게 덜어진다는 사실을 확인할 수 있습니다.

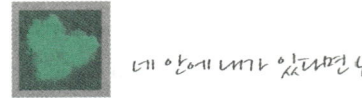

사랑에 대한 보답은 바로 우리의 인생이다
인생보다 더욱 값진 것은 없기 때문이다

지금 자기가 하고 있는 일에 만족한 사람은 드뭅니다. 거의 모든 사람들이 그 일에 불만을 느끼고 있는 것입니다. 심지어 예술가들도 가끔씩 자신의 일에 대해 불평을 털어놓습니다.

하지만 일이 없다면, 우리는 어떻게 존재할 수 있을까요? 만약 아무런 일도 하지 않는다면, 우리가 이 세상과 연결되어 있다는 사실을 어떻게 알 수 있을까요?

일은 삶의 뿌리입니다. 그것은 우리에게 영양분을 주면서 존재의 가치를 일깨우고 있습니다. 일에 몰두하면서 우리는 안정과 평화를 느끼게 됩니다. 그러나 일이 그 자체의 의미를 잃어버릴 때, 우리는 불안에 사로잡히는 것입니다.

우리의 정신을 성장시킬 수 있는 방법은 무엇일까요? 그것은 우리의 인생에 대해 꿈을 꾸는 일입니다. 우리의 인생을 이 세상에서 가장 중요하고 가치있는 것으로 여긴다면, 영혼의 아침이 밝아오는 것을 느낄 수 있습니다.

일을 하면서 우리는 이 땅의 모든 것을 진정으로 사랑하는 방법을 배우고 있습니다. 사랑이 나의 몸, 나의 영혼, 나의 숨결을 만들고 있는 것입니다.

일은 우리의 삶을 축복하고 있습니다. 나는 항상 그 사실을 기억할 것입니다.

사랑의 신비는 죽음의 신비보다 크다
현대의 사랑은 너무 가난합니다. 하지만 우리는 그 사실을 별로 심각하게 여기지 않습니다. 이 시대는 너무나 세속적이기에 가난한 사랑이 무엇인지도 깨닫지 못하고 있습니다.
우리는 진정한 사랑을 느낄 수 없을 때, 허기를 채우기 위해 충동적으로 물건을 구입하거나 행사에 참가하거나 일시적인 유행을 따라갑니다. 하지만 그런 행동은 얼마 있지 않아서 금방 싫증나게 됩니다. 그것에 대한 깊은 욕구가 없기 때문입니다.
사랑은 눈길을 나의 내부로 돌릴 때 얻어지는 것입니다. 내가 얻을 수 있는 가장 커다란 선물은 나의 영적인 성숙입니다. 사랑을 위해 자신을 바칠 수 있는 사람들은 가장 행복합니다. 언제나 나 혼자만 생각하는 사람은 사랑을 키울 수가 없습니다.

가난한 사랑이 충만한 것으로 변할 때, 우리는 이 세상을 바꿀 수 있습니다. 보다 아름다운 것으로…….

나는 다른 사람들을 만날 때, 정직하게 행동하면서 영혼을 보다 순결하게 만들 것입니다.

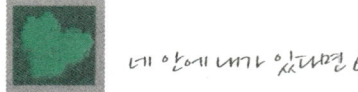

젊음과 아름다움만을 중시하는 사회에서 성장한 우리
는 장식적인 가치에 따라 모든 것을 평가한다
　그것은 진정한 아름다움이 아니다

　건강한 몸과 탄력있는 가슴, 맑은 눈, 가지런한 치아,
부드러운 피부, 날씬한 허리, 균형 잡힌 신체를 원하지 않
는 사람은 거의 없습니다. 지금 나 자신의 몸에 참으로 만
족해 하는 사람도 거의 없습니다. 우리는 종종 주목받고
싶다는 욕망과 다른 사람들의 시선을 피하고 싶다는 욕
망 사이에서 갈등합니다.

　지금 이 순간, 나에게 필요한 것은 오직 나 자신뿐입니
다. 나는 다른 사람들의 인생에 진정한 축복이 될 수 있는
내적인 아름다움을 지니고 있습니다. 내가 마음을 열기
만 하면 내적인 아름다움이 빛을 발산할 것입니다.

　외모가 아무리 아름답다고 해도, 진심에서 우러나오는

말처럼 향기를 담고 있지는 않습니다. 사랑이 담긴 말은 고통스러운 상처를 어루만지고 위로할 수 있습니다.

우리의 진정한 아름다움을 비출 수 있는 거울은 친구입니다. 차가운 시선을 던지는 매력적인 여자나, 거만하게 다른 사람들을 무시하는 잘생긴 남자를 만난 적이 있을 것입니다.

그러나 진정으로 가치있는 것은 내적인 아름다움입니다. 내적인 아름다움이 우리의 외적인 용모까지도 변화시킬 수 있다는 사실은 참으로 놀라운 진리입니다.

더불어 살아가는 사람들에게 진잔한 관심을 보이면 나의 아름다움은 더욱 빛날 것입니다.

그의 눈앞에서 황금은 갑자기 광채를 잃어버렸다
그 무엇으로도 시들일 수 없을 것 같은 사랑의 풍요로
움이 그곳에 있었기 때문이다

사랑에는 아무런 경계선도 없습니다. 그것은 현실의
그 무엇도 초월할 수 있다는 의미를 담고 있습니다. 사랑
을 하고 사랑을 받는, 서로를 믿고 신뢰하는 그런 관계는
우리에게 한없는 풍요로움을 선사합니다.

사랑은 권리만 주장하지 않습니다. 의무가 뒤를 따르
는 것입니다. 사랑의 의무는 결코 소홀히 할 수 있는 것이
아닙니다. 그런 의무는 한없는 행복감에 젖도록 할 수 있
습니다.

연인에 대한 의무가 무거운 짐이 되는 경우는 일방적
인 관계에서만 가능합니다. 서로에 대한 이해와 존중을
바탕으로 한 사랑은 결코 지치는 법이 없습니다. 생명의

샘은 아무리 많은 샘물을 퍼내더라도 항상 새롭게 솟아나기 때문입니다. 진정한 사랑은 더욱 많은 사랑을 낳게 됩니다.

사랑은 모험을 의미합니다. 새로운 인생의 개척지로 들어가는 것입니다. 사랑은 가슴을 열어 스스로를 완전히 개방하는 모험입니다. 그러나 어떤 일이든지 위험부담이 따른다는 사실 또한 잊어버릴 수 없습니다. 아무런 조건도 없는 사랑 속에서 우리는 지고(至高)의 선물을 받게 됩니다.

두려움으로 인해 마음의 보물들로부터 멀어질 수는 없습니다.

네 안에 내가 있다면 8

최고의 행복은 삶의 조건에 달려 있는 것이 아니다
행복을 누릴 수 있는 기회는 항상 가까운 곳에 있다
양심과 건강 그리고 행복은 우리가 얻기 위해 노력할
때 얻어지는 결과물이다

비록 헐벗은 세상이지만 사랑이 있기에 우리는 외롭지
않습니다. 무수한 시간 속에서 우리가 사랑하는 사람들을
배려하고 따스하게 대할 수 있는 기회는 아주 많습니다.

관심을 끌고 있는 어떤 일에 대해 진지하게 노력을 기
울이는 것도 모두 우리의 손에 달려 있습니다. 육체적인
건강과 정서적인 행복에 관심을 갖는 것도 역시 우리의
선택입니다. 그리고 인생에서 얻게 되는 행복은 우리가
사랑을 얼마나 베풀고 있는가에 따라 결정됩니다.

인생에서 거두는 결실은 다른 사람에게 주는 선물을
척도 삼아 재어 볼 수 있습니다. 그런 의미에서 본다면 삶

에서 전혀 뜻하지 않았던 일이란 없는 법입니다. 언제나 우리가 주는 만큼 거두게 되는 것입니다.

우리는 각자의 행복에 대해 책임을 져야만 합니다. 세상에 대해 마음을 열 수 있는 순간은 지금이 가장 좋은 시기입니다. 모든 날들이 우리의 결정에 따라 움직입니다. 사물을 바라보는 시각이 어떤가에 따라 그 양상은 달라지게 됩니다.

선택은 나의 것입니다. 내가 만약 행복과 사랑을 담아 둘 수 있다면 결국 그것들을 발견할 수 있습니다.

언제나 받기만 하고 주지 않는 사랑은
사랑이 아니라 일종의 거래 수단이다

이제까지 단 한 순간도 우리는 홀로였던 적이 없습니다. 혼자 살아가기 위한 기회를 미처 갖기도 전에 우리는 사회적인 관계를 맺게 됩니다. 이 세상에 태어나는 그 순간부터 사회의 구성원이 되는 것입니다.

때로는 우리가 먼저 다급하게 사회 속으로 들어가는 경우도 있습니다. 그것은 대부분의 경우에 두려움과 절망에서 비롯됩니다. 혼자서 나를 지키는 일에 대한 불안과 두려움이 성급한 판단을 내리도록 만드는 것입니다. 그런 사람들은 과거의 경험으로부터 무엇인가를 배우고 성숙할 수 있는 기회를 갖기도 전에 항상 새로운 관계를 형성하려고 노력합니다.

동반자 사이의 성숙한 관계라면 두 사람 모두 아무런

제약 없이 모든 것을 주고받을 수 있어야 합니다. 서로의 친밀한 사랑을 마음껏 펼치는 것입니다. 그것은 일회용 반창고를 붙이거나 물건을 저당잡히는 방식으로 대체할 수 없습니다.

우리가 아직 어리고 사랑에 대한 확신이 없을 때에는 이러한 종류의 관계를 맺기가 어렵습니다. 순수한 사람이 되기 위해서는 먼저 사랑의 가치를 믿는 것이 필요합니다. 세상을 방랑하면서 경험을 쌓은 후에야 비로소 우리는 진정한 사랑으로 똘똘 뭉치게 하는 힘을 얻게 됩니다.

아무런 부담 없이 지킬 수 있는 약속만을 기억하는 속성이 우리에게 있습니다.

마치 진짜처럼 보이는 가짜 다이아몬드가 찬란한 빛을
뿌리고 있다
이 때문에 많은 진짜 다이아몬드가
그 가치를 제대로 인정받지 못하곤 한다

친구를 평가할 때 '진짜'라고 하는 것은 대단한 칭찬입
니다. 우리는 어떤 사람에 대해 '보석' 은유를 즐겨 사용
합니다. 보석은 그 아름다움과 희귀성 때문에 몹시 귀중
한 것입니다.

"진주처럼 순결한 그녀."

"해맑은 물방울 다이아몬드처럼 투명한 사람."

"순금처럼 진실한 분이야."

우리는 이런 표현을 쓰면서, 보석처럼 아름다운 사람
을 칭찬합니다. 우리 주위에는 보석처럼 내면에서 스스
로 빛을 발하는 사람들이 있습니다. 우리도 그런 소중한 사람이 될 수 있는 가능성을 지니고 있습니다.

　보석처럼 아름다운 행동은 정직, 성실, 용기, 인내, 관용 그리고 사랑을 할 수 있는 능력입니다. 어느 누구라도 이런 것들을 실천으로 옮길 수 있습니다. 모조품에 만족해 하지 말고 '진짜' 보석을 얻기 위해 노력해야 합니다. 모조품의 빛은 처음에는 화려하지만 얼마 있지 않아서 변색되는 것입니다.

　내가 진정 좋아하는 것이 무엇인지를 알고, 나를 '진짜'로 가꾸는 일에 최선을 다해야 합니다.

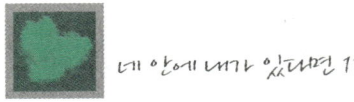

혼자라는 느낌과 상처 받기 쉬운 마음
이러한 두 가지는 나의 마음속에
무조건적인 사랑에 대한 갈망을 심어 놓았다

우리는 '그 어떤 일도 할 수 없을 것이며 사랑받지 못할 것'이라는 두려움으로 너무나 쉽게 자신을 의심합니다. 하지만 어느 누구나 칭찬과 사랑 받기를 기대하는 마음으로 친구나 연인의 얼굴을 바라본 적이 있을 것입니다.

나 자신이나 친구 혹은 신으로부터 소외되었다는 느낌 때문에 우리는 불만을 품게 됩니다. 그러나 두 영혼이 서로 만날 때, 나와 다른 사람에 대한 사랑이 탄생하는 것입니다.

친구와 가족들 사이에서 멀리 떨어지면 고독이 슬며시 찾아옵니다. 나의 둘레에 단단한 장벽을 쌓아갈 때, 그 고독은 상처로 변하게 됩니다. 오직 나만이 그 장벽을 넘어,

사랑을 주고 사랑을 받을 수 있습니다.

우리 모두는 이 세상에 태어나는 순간부터 사랑의 도구를 가지고 있습니다. 사랑하는 사람의 말에 귀를 기울이고 나 자신을 나누어주는 것은 사랑의 시작입니다. 사랑을 받기 이전에 먼저 사랑을 주려고 하는 모험을 통해 우리는 무조건 사랑을 받으려고 하는 욕망으로부터 벗어나게 될 것입니다.

나는 사랑받기를 기다리지 않습니다. 그 대신 다른 누군가를 충분히 사랑할 것입니다. 나 또한 사랑받을 것이라는 사실을 의심하지 않습니다. 나는 무조건적인 사랑을 발견할 것입니다.

사랑을 하는 것은 어려운 일이다
하지만 사랑을 하지 않는 것은 더욱 어려운 일이다

지금 이 순간에 만족한 채 살아갈 수 있다면 우리는 자아를 투명하게 바라볼 수 있습니다. 온갖 자잘한 고민과 편견에서 벗어나면 사랑의 실체를 만날 수 있는 것입니다.

삶은 지나간 과거에 이루어진 것도 아니고, 앞으로 몇 시간 안에 이루어질 것도 아닙니다. 삶은 바로 지금 이 순간입니다. 삶은 아주 짧은 순간들이 모여서 흘러가는 것이고, 우리가 앞으로 나아갈 시간의 물결입니다. 이 순간은 그냥 지나갈 것이며, 다른 순간들로 이어지게 됩니다. 과거에 사로잡힌 편견과 미래에 대한 근심에서 벗어나 내 마음의 빗장을 여는 일은 아주 중요합니다.

우리는 시간의 물결 속에 머무르고 있습니다. 시간의 물결은 우리를 미래로 싣고 떠나갑니다. 때로는 풍랑이 일어나기도 하지만, 사랑은 거센 파도를 가라앉힐 수 있습니다.

사랑하는 사람의 인생에서 우리는 아주 커다란 부분을 차지하고 있습니다. 연인의 사랑이 나의 발전에 어떻게 도움을 주고 있는지 생각하는 것은 대단히 흥미로운 일입니다. 나의 삶이 올바른 방향으로 흘러가고 있다는 확신을 얻으려면 먼저 사랑을 확인해야 합니다.

나의 모든 것을 바치면 바칠수록 사랑은 더욱 커지게 됩니다. 그 사랑은 바로 나의 것입니다.

이것은 역설적이지만 사실입니다. 영원의 개념을 무시할 때, 영원한 행복을 발견할 것입니다.

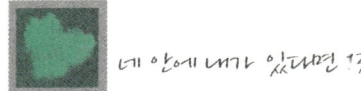

두 사람의 사랑이 서로를 속박하도록 만들 수는 없다
그것은 꽃을 두 겹으로 피우게 하는 것이어야 한다

우리는 어린아이의 눈을 통해 자신의 모습을 다시 돌아볼 수 있습니다. 한 점의 티도 없이 맑은 눈이 수정처럼 나를 응시하고 있기 때문입니다.

우리 마음속에 있는 동심은 우리가 커가면서 이내 사라지게 됩니다. 하지만 동심은 여전히 우리의 삶을 지탱하고 있는 생명력입니다. 그 힘은 우리가 이 땅의 모든 생명들을 사랑할 수 있도록 만들고 있습니다.

어린아이들은 새로운 장소와 낯선 사람들을 만나는 일에 대해 두려움을 느끼고 있습니다. 우리는 사랑이 담긴 손을 내밀어서 어린아이들을 위로할 수 있어야 합니다. 어린아이들의 손을 잡고 달래면서, 자신이 버림받지 않았다는 사실을 항상 알려 주어야만 하는 것입니다. 우리가 함께 있는 한 새로운 장소나 낯선 사람들도 어린아이를 두렵게 만들지는 못합니다.

우리가 불안에 떠는 어린아이에게 안정과 평화를 찾아줄 수 있다는 사실은 놀라운 것입니다. 그 놀라운 힘 속에서 우리는 더욱 성숙할 수 있습니다. 우리는 혼자 외로울 때 약해지지만, 함께 힘을 모은다면 어떠한 일도 견딜 수 있습니다.

나는 어린아이를 보살피기 위해 노력합니다. 어린아이를 홀로 내버려 두지 않고 진심으로 대할 것입니다.

사랑하는 사람에게 줄 수 있는 최고의 선물은
그에게 관심을 보여주는 것이다

우리 모두는 사랑하는 사람에게 중요한 의미가 되기를
바랍니다.

지나간 과거 그리고 현재의 시점에서도 우리는 연인에
게 주목받기 위해 노력하고 있습니다.

그러나 관심을 끌기 위한 시도는 이제 연인에게 베푸
는 사랑으로 변화되어야 합니다. 사랑을 받으려면 먼저
사랑을 주어야만 하는 것입니다. 그것이 인생의 가르침
입니다.

연륜이 쌓이면 쌓일수록, 인생에는 우연이란 것이 존
재하지 않는다는 사실을 깨닫게 됩니다. 우리가 서로 사
랑하고 많은 사람들이 우리의 인생을 스치고 지나가는
것은 그 나름대로 이유가 있는 것입니다.

더불어 살아가는 삶, 그 속에서 우리가 사랑하고 서로를 아끼는 것은 어쩌면 인간의 도리와 같은 것입니다. 사랑이란 둘로 나누면 작은 조각으로 갈라지는 것이 아닙니다. 오히려 더욱 커다란 조각으로 변합니다.

우연한 기회에 알게 된 사람이라도 나는 관심을 보일 것입니다. 그는 나에게 중요한 의미가 될 것이고, 나의 작은 관심 또한 그에게는 값진 것이기 때문입니다.

어느 한 영역에서 자신의 삶을 바꾸기를 원한다면
먼저 그 영역을 바라보는 시각과 그것들에 대한 자세
그리고 사랑을 배울 수 있어야 한다

우리는 삶을 변화시키기 위해 많은 노력을 기울입니
다. 뚜렷한 자아를 가지고 있더라도 새로운 사람들을 만
나는 일에 두려움을 느낀다면 우리는 마음가짐과 행동을
바꾸어야만 합니다.

어쩌면 곤경에 처했을 때, 다른 사람의 도움을 받게 될
수도 있습니다. 지금까지 우리의 행동이 수동적이었다
면, 자기 자신에 대한 확신과 믿음을 가지고 더 적극적인
행동을 해야 합니다.

능동적인 모습으로 삶을 바꾸게 된다면, 그것은 다른
사람들에게 귀감이 되고 커다란 자극이 될 수도 있습니
다. 적극적인 삶으로 전환하는 것은 자기 확신을 필요로

합니다.

　우리가 목표를 하나씩 달성할 때, 그 다음 목표의 달성은 더욱 쉬워질 것입니다. 하나의 목표를 달성할 때마다 우리는 많은 경험을 하게 됩니다. 그런 경험들은 모두 삶의 자양분으로 쌓이게 됩니다. 우리는 자신에게 주어진 모든 기회를 최대한 이용해야 합니다.

　행복하게 살아가는 것은 일상의 토대를 단단하게 굳힌 후에야 가능한 일입니다.

우리는 최초의 정열로 연인을 사랑한다
나머지 모든 정열로
그 사랑에 대한 그리움에 잠긴다

사랑은 언제까지나 지속되는 것이 아닙니다. 우리는 다만 정열이 우리에게 주는 것만을 가질 수 있으며, 누군가 우리를 사랑할 때까지만 사랑할 수 있습니다.

우주의 한 구성원으로 살아가는 우리는 사랑받을 만한 가치가 있습니다. 하지만 아무리 행복한 삶이라도 어둠의 척도 없이는 존재할 수 없습니다. 행복이라는 말은 슬픔이라는 말과 균형을 이루지 못하면 그 의미를 상실하고 마는 것입니다.

인생은 극명한 대비를 보여주기도 합니다. 기쁨과 슬픔이 서로 공존하면서 인생을 이끌어 가는 것입니다. 우리는 그런 감정들을 겪으면서 점차 성장합니다. 정서적인 반응은 우리가 살아 있다는 것을 드러내는 하나의 흔적이기도 합니다.

기쁨은 오직 실망과 근심을 겪어본 사람만이 알 수 있습니다. 인생이 실의에 빠져 있을 때, 비로소 기쁨의 의미를 올바르게 이해할 수 있는 것입니다. 다양한 감정의 폭을 그대로 받아들일 수 있는 사람은 인생을 견고한 토대 위에 올려놓은 셈이기에 안정을 누리고 있습니다. 나를 믿을 수 있다면, 나를 사랑하는 사람을 보호해야 합니다.

나 자신을 사랑하지 않고 나 자신에게 가치를 두지 않는다면 진정으로 나를 사랑하는 사람에게 사랑을 돌려줄 수 없습니다.

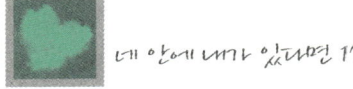 내 안에 내가 있다면 17

십자가의 고난과 희생을 요구하는 신의 뜻을
언제나 이해할 수 있는 것은 아니다
다만 우리는 신의 뜻에 순종하면서 평안을 얻는다

삶은 행복을 주기도 하지만, 가슴 아픈 기억을 남겨 놓기도 합니다. 고통스러운 과거를 무조건 부정하는 것보다 담담하게 받아들이는 것이 더욱 현명한 비법입니다.

과거를 받아들이고 어쩔 수 없는 현실을 인정하는 것은 우리에게 커다란 위안이 됩니다. 인정한다는 것이 때로는 아픈 좌절이지만, 결국은 평화로운 해결점을 제시하는 것입니다. 지나간 밤은 이미 과거이며, 밝아오는 아침은 새로운 시작입니다.

긍정적인 사고는 희망찬 미래를 꿈꾸게 합니다. 우리의 내면에 잠재되어 있는 가능성은 이러한 경로를 통해 발견됩니다. 그것은 우리에게 커다란 힘이 될 것입니다.

 ●

새로운 상황에 부딪혀 두려움을 느끼거나 삶의 어느 한 순간이 슬픔으로 변할 때, 사랑이 우리에게 용기를 줄 것입니다. 그 사랑을 받아들이면 다시 행복이 차오르게 됩니다. 사랑은 우리의 영혼 속에서 살아 있으며, 우리를 더욱 강인하게 만들고 있습니다.

과거는 이미 지나갔으며, 현재는 가능성으로 가득 차 있습니다. 나는 호흡 속에서 흘러나오는 힘을 느낍니다.

나에게 도움이 필요할 때, 많은 친구들이 기꺼이 손길을 내밀었다

그들은 강한 생명력을 나누어주었으며

모든 장애물을 극복할 수 있도록 만들었다

나는 그들에게 나의 존재와 나의 사랑 그리고 줄 수 있는 모든 것을 주었다

우리는 살아오는 동안 날마다 서로를 인도하고 도움을 주었습니다. 우리는 서로에게 의지하고 기대면서 존재하고 있는 것입니다. 우리가 알고 있는 모든 장소에서 누군가는 우리로부터 배우고 있고, 우리는 누군가로부터 배우고 있습니다.

가끔씩 우리는 다른 사람에게 무언가를 주고 있다는 사실을 알아채지 못합니다. 그리고 우리가 받고 있는 것이 얼마나 가치있는 것인가를 거의 깨닫지 못하고 있습니다. 책이나 신문을 읽으면서 우리는 다른 사람의 지식을 배울 수 있습니다. 그런 지식을 활용하면서 자아의 성장을 도모할 수 있는 것입니다.

시간의 흐름은 경험의 가치를 가장 좋은 것으로 평가합니다. 우리는 삶 속에서 평화와 행복을 발견할 수 있습니다. 그것들은 우리에게 어떤 어려움도 이겨낼 수 있는 힘과 용기를 주고 있습니다.

우리는 힘겨운 시간뿐만 아니라 다정한 친구의 부드러운 손길도 필요합니다. 고난과 도움은 삶의 파장을 똑같은 비중으로 결정합니다. 힘겨운 시간은 우리에게 기도할 수 있는 시간을 선물합니다. 친구의 손길이 다가올 때, 우리는 우정을 나눌 수 있습니다.

내가 발견한 가장 귀중한 선물은 서로가 활력을 주고 받는 것입니다.

강과 길은 사람들을 끌어 모은다
인생의 항로는 사랑이다
사랑이 있는 곳에는 항상 사람들이 모이기 마련이다

인생은 끊임없이 이어지고 있습니다. 그것은 잔잔한 강물이나 지류 혹은 갑작스러운 협곡으로 가득 차 있습니다. 사나운 풍랑이 일어날 때도 있는 것입니다.

살아간다는 것은 여행을 즐기는 것과 같습니다. 우리는 항해할 수 있는 미지의 공간에 매료당하고 있습니다. 다음에는 무슨 일이 일어날지 잘 모르지만, 그곳에 미지의 땅이 있기에 앞으로 향하고 있는 것입니다. 인생의 가치를 발견하기 위해 우리는 미지의 강이나 길을 따라 달려가고 있습니다.

내가 태어나기 이전에 나와 같은 삶을 살아보았던 사람은 아무도 없습니다. 아무도 여행하지 않았던 시간과 공간을 지금 우리가 살아가고 있는 것입니다. 과거의 많은 사건들이 이 순간을 위해 존재하고 있습니다. 나는 단지 나만을 위해 놓인 통로를 따라 항해합니다.

하지만 또 다른 때에는 아무도 가 보지 못한 우주 공간에 뛰어들면서, 마치 우리가 우주선의 조종실을 책임지고 있는 것처럼 느끼기도 합니다. 위태로운 시간도 있지만, 항상 나의 삶에 몰입하고 있으면 강물은 다시 잔잔해질 것입니다.

나는 내 인생을 받아들이기 위해 노력할 것입니다. 인생은 내가 반드시 가야 할 곳으로 나를 인도합니다.

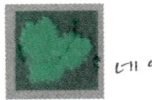

사랑의 꽃을 피우려면 지켜야 할 규칙이 필요하다
부당한 일은 서로에게 요구하지도 말고 들어주지도 말아야 한다

사랑은 그 얼마나 신비로운 것인가요. 하지만 사랑의 신비를 해치는 일들이 이 세상에는 너무나 많습니다.

"결혼을 잘해야 한다."

우리는 어릴 때부터 이런 말을 들으면서 성장합니다. 이 말에는 조금 미묘하고 모순된 점이 있습니다. 우리는 서로를 사랑하는 과정을 거치면서 결혼하게 됩니다.

더 중요한 것은 결혼이 아니라 사랑입니다. 사랑은 두 사람 모두 주체가 될 수 있기 때문입니다. 하지만 함께 사랑을 일으켜 세우는 것이 아니라 기대려고만 한다면, 어려운 상황이 벌어질 것입니다.

사랑을 상대방에게 고정시킨다는 것은 스스로를 수동

적으로 만드는 일입니다. 그렇게 되면 결국 우리는 그토록 간절하게 원하던 사랑으로부터 점점 멀어지게 될 것입니다. 결혼을 통해 나의 안정을 구한다는 것은 무리한 생각입니다. 이제는 그 말을 이렇게 고쳐야 하지 않을까요?

"사랑을 잘해야 한다."

사랑에 대한 열정이 있는 사람들은 의사결정에서 일관성이 있고, 책임있는 행위와 그 행위에 대한 실천을 통해 목표를 달성합니다. 우리는 일방적으로 의존하지 않고, 서로를 위하면서 사랑을 나눌 필요가 있습니다.

지금 이 시간, 우리는 삶의 각본을 쓰고 있습니다. 그 각본의 주인공은 내가 아니라 사랑하는 사람이 되어야 합니다. 나의 모든 것을 조금씩 덜어가면서 사랑을 위해 노력한다면, 우리의 삶은 더욱 환하게 빛날 수 있습니다.

나는 나를 존중할 것입니다. 그리고 다른 사람을 위해 도움을 주겠습니다.

사랑은 맹목적이다

연인들은 자기 스스로 저지르는 어리석음을 잘 보지 못한다

우리는 수많은 사람들 속에서 인생의 동반자를 찾기 위해 노력하고 있습니다. 삶의 목표를 향해 함께 나아갈 수 있는 사람을 만나기 위해……

먼저 우리는 더불어 살아가는 사람들에게 따스한 관심을 기울여야 합니다. 우리는 그들에게 특별한 것을 선물할 수 있습니다. 그리고 그들도 우리에게 무엇인가를 보답할 수 있을 것입니다.

미로처럼 복잡한 인생의 행로는 다양한 방향으로 이어지고 있습니다. 우리는 그 길을 따라 산책하고 있는 것입니다. 우리는 좌절을 겪을 수도 있습니다. 그런 경우에는 인내가 필요합니다.

도저히 참을 수 없는 경우도 있겠지만, 인생 속에는 길게 늘어선 행렬과 앞뒤로 꽉 막힌 교통체증에 부딪힐 수도 있습니다. 어떤 일에 대해 선택을 내려야 하는 순간이 되면, 먼저 내면에 귀를 기울이는 것이 좋습니다.

　우리는 모두 삶의 동반자입니다. 우리는 삶의 스승이자 제자입니다. 우리에게는 친구만 필요한 것이 아니라 깨달음을 주는 적(敵)도 역시 필요한 것입니다.

　내가 다른 사람으로부터 배울 점을 구하는 것처럼, 무엇을 줄 수 있는지를 겸허하게 돌아볼 필요가 있습니다.

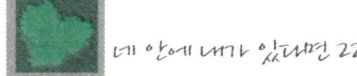

사랑은 반짝이는 재치와 본능적인 직감
영적인 안정과 같은 특별한 재능을 지니고 있다

　나는 혼자만의 힘으로 살아갈 수 없습니다. 이 땅과 하늘을 서로 공유하고 나누면서 삶을 영위하는 것입니다. 우리는 개인과 집단이라는 관계 속에서 살아가고 있습니다.

　우리는 서로에게 끊임없이 새로운 이미지를 제공합니다. 그 관계 속에는 서로의 아픔을 치유하는 힘이 깃들여 있고, 다른 사람들의 생각 속으로 들어가 그 사람을 변화시키는 힘도 존재합니다.

　삶은 수많은 가능성을 내포하고 있습니다. 그 가능성은 우리 스스로가 삶을 변화시키기 위해 노력하는 과정 속에서 실현됩니다. 우리에게는 구체적인 실천이 필요하며, 실천이 우리의 삶을 풍요롭게 만들 것입니다.

다른 사람들을 격려하고 도움을 줄 때, 우리는 진정으로 변화하고 있는 그들의 모습 속에서 감동을 느끼게 됩니다. 한 사람이 올바르게 설 수 있다면 우리 모두가 올바르게 설 수 있는 것입니다.

나는 약속을 소중하게 여기고, 질판과 조화를 이루기 위해 노력합니다. 나는 다른 사람들과 삶을 함께 나눌 것이며, 그들을 격려하고 올바르게 세우면서 힘을 얻기를 원합니다.

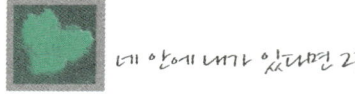

사랑하는 사람이 떠나가는 고통은
당신 자신과 다른 사람들을 이해하기 위한 전주곡에
불과하다

삶이란 이별의 과정이며, 그 이별은 우리의 힘으로 도저히 막을 수 없는 불가항력적인 것입니다. 우리의 삶 속에서 이별은 시간과 장소 그리고 그 사람에 대한 모든 기억으로부터 떨어지는 것을 의미합니다.

이별 뒤에 남는 여운이 때때로 우리를 슬프게 만들지만, 그것은 우리가 상상하지 못했던 성숙의 기회를 제공합니다. 이별을 경험한 사람들은 '우리'라는 개념을 잘 이해하게 됩니다. 그러므로 이별에 따른 슬픔과 형언하기 어려운 고통은 인생이 제공하는 최고의 교훈이기도 한 것입니다.

고통을 경험하고 고통 속에서 살아남고 감정이 메마르

는 것을 느끼면서, 우리는 새로운 성장을 경험하게 됩니다. 삶은 고통 속에서 보다 풍요롭게 일궈지는 것입니다. 고통을 경험한 후에 우리는 비로소 삶을 통찰할 수 있습니다.

이별의 시간들에 대해 두려움을 느끼기보다는 감사하는 마음으로 받아들이게 되면, 이미 전부 알고 있다고 여겼던 인생의 또 다른 모습을 바라볼 수 있습니다.

삶에는 만남과 이별이 공존하고 있습니다. 나는 두 가지 모두를 즐거운 마음으로 수용합니다.

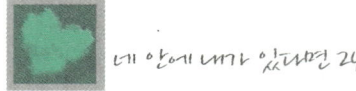

수많은 행위와 수많은 사람들 그리고 수많은 시간들

가치있는 행동과 사건, 몹시 재미있는 사람들

이러한 모든 것들은 우리의 삶을 흩어버리는 사소한 일들이 아니라

삶에 매우 중요한 요소들이다

"우리가 살아가는 것은 사랑 때문이다."

러시아의 대문호 톨스토이는 인생의 가장 커다란 목적이 바로 사랑이라고 표현했습니다. 우리가 숨쉬는 호흡도 사랑을 하기 위한 과정인 것입니다. 우리의 행동 하나하나도 모두 사랑의 연장입니다.

사랑은 우리에게 서로의 소중함에 대해 잘 알려주고 있습니다. 혼자서는 결코 사랑을 할 수 없기 때문입니다. 우리는 살아가는 동안 만나는 사람들에게 영향을 끼치고, 그 사람들도 또한 우리에게 무엇인가를 전달하고 있습니다. 그러나 내 영혼에 자양분을 공급하는 일을 소홀히 한다면, 우리가 사랑하는 사람에게 나누어줄 것은 없을 것입니다.

때때로 사람들을 떠나서 생각하고 명상에 잠기면서 진리와 가치를 찾으려고 한다면, 그것은 다른 사람들과 나눌 수 있는 풍성한 사랑을 준비하는 시간이 될 것입니다.

우리는 다른 사람들을 통해서 인생의 참뜻을 발견해야만 합니다. 그러나 지나칠 정도로 다른 사람에게 의존할 수는 없습니다. 의존은 사랑이 아닙니다. 사랑은 둘이 만나 서는 것이 아니라, 이미 홀로 일어선 둘이 만나는 것입니다.

나는 다른 사람들과 밀접한 관계를 맺으면서 홀로 일어설 수 있기를 원합니다.

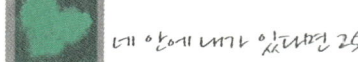

미래가 가치있다는 것은
그 속에 무한한 가능성이 깃들여 있기 때문이다
무한한 가능성 그 자체에 가치가 있는 것이다

비행기를 타고 하늘로 날아가거나 배가 바다를 건너 항해하는 것은 마치 자연을 지배하는 것처럼 보일 수도 있지만, 사실은 자연의 성질을 이용한 것에 지나지 않습니다. 우리의 지성은 자연을 지배하는 것이 아니라, 자연을 이해하고 그 법칙을 연구해서 목적을 달성하는 것입니다. 자연의 법칙을 거슬러 올라가려고 한다면, 아무리 노력한다고 해도 좋은 결과를 거둘 수가 없습니다.

이 세상은 마구잡이로 나무를 잘라서 개간해야 하는 숲이 아닙니다. 그런 식의 개발은 더욱 황폐하게 만들 뿐입니다. 우리의 목표와 자연 사이에서 완전한 조화가 이루어지고 있을 때, 비로소 이 세상은 더욱 아름답게 변할 수 있습니다.

자연과 우리는 이미 하나입니다. 아주 작은 먼지에서 광활한 우주에 이르기까지 자연의 신비한 힘이 미치지 않는 곳은 그 어디에도 없습니다. 우리의 몸에도 자연의 법칙이 작용하고 있습니다.

우리는 자연과 친구가 되기 위해 노력해야 합니다. 이 세상의 모든 것을 소중하게 가꾼다면, 우리와 자연은 보다 가까이 동화될 수 있을 것입니다.

자연의 위대한 힘과 나의 힘이 서로 조화로운 결과를 가져오도록 하기 위해 기도할 것입니다.

이 세상에서 가장 아름다운 것은
두말할 나위도 없이 이 세상 그 자체이다

우리가 다른 사람들과 어울리는 것을 좋아한다면, 그 즐거움은 그 사람에게도 그대로 전해지게 됩니다. 우리의 정신을 사로잡고 있는 문제에서 벗어나 잠시 동안이라도 다른 사람과 친분을 나누면서 여유를 즐기는 것은 매우 유용한 일입니다.

마음의 문을 활짝 열고 다른 사람들을 받아들인다면, 그들도 역시 우리를 소중하게 여길 것입니다. 사랑하는 사람들이 연인과 하나가 되기를 원하는 것처럼 말입니다.

드넓은 우주 속에는 많은 별들이 있습니다. 그런데 지구라는 행성에서 우리가 이렇게 만난 것은 의미있는 일입니다. 우리는 모두 친구입니다. 어느 누구도 소중하지 않은 사람이 없습니다. 다른 사람에게 관심을 기울이는 과정을 통해 우리는 사회적인 존재라는 사실을 확인하게 됩니다.

하지만 지금 이 순간, 많은 사람들은 복잡한 삶의 타성에 젖어 서로를 전혀 알려고 하지 않습니다. 그것은 마치 어두운 동굴에 파묻혀 살아가는 것과 같습니다. 심지어 사랑을 나누고 있지만, 서로에게 진정한 관심을 쏟지 않는 경우도 적지 않습니다.

소중한 벗들과 더불어 살아가면서 행복을 발견하는 사람들은 빛을 가지고 있습니다. 그 빛은 한 순간 반짝이다가 사라지는 빛이 아니라, 오랫동안 주위를 밝히는 빛입니다.

나는 만나는 사람 모두에게 인간적인 모습을 보여줄 것입니다.

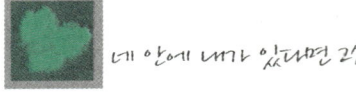

신은 언제나 가까운 곳에 있다
신의 본질은 무엇인가
그것은 곧 사랑이다

어떤 문제가 있을 때 우리를 원하는 방향으로 이끄는
힘은 항상 가까운 곳에 있습니다. 하지만 우리는 자주 그
사실을 망각하게 됩니다. 어려운 문제를 해결하기 위해
노력하다가 곤경에 처할 수도 있습니다. 그럴 때마다 간
절하게 기도하면, 어떤 장소에서도 우리가 필요로 하는
것과 만날 수 있습니다.

그 존재를 알지 못하는 신의 응답은 우리에게 매우 낯
설게 느껴집니다. 우리는 어렸을 때부터 나 자신을 믿는
것을 용기라고 배웠습니다. 다른 사람의 도움이 필요할
때조차 우리는 그렇게 부탁하는 것을 두려워하고 있었던
것입니다.

자신감이 흔들릴 때, 우리는 술을 마시면서 흥분을 가라앉힌 적도 있습니다. 어떤 때에는 집에서 숨어 지내기도 했습니다. 하지만 우리의 두려움은 결코 사라지지 않았습니다.

신이 결코 멀리 떨어져 있지 않다는 사실을 발견할 때, 우리는 두려움의 그물에 전혀 얽매일 필요가 없다는 것을 깨닫게 됩니다. 신은 언제라도 사랑이 담긴 손을 내밀고 있습니다.

두려운 것은 아무것도 없습니다. 모든 일이 잘 풀릴 것입니다.

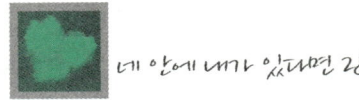

사회는 항해를 대비하는 한 척의 배와 같은 것이다
어느 누구든지 닻을 올릴 준비를 하지 않으면 안 된다

　누군가 간절하게 도움을 기다리고 있을 때, 내가 그곳
에 있다는 것은 커다란 행운입니다. 삶이 진정 어렵고 힘
들 때에도, 마음속 어딘가에 우리를 살아 있도록 하는 무
언가가 간직되어 있다는 사실을 기억하는 것은 대단히
중요한 일입니다.

　그것은 바로 우리의 영혼을 북돋아 주고 힘을 불어넣
으며 때로는 우리를 절망의 심연으로부터 건져주는 생명
력입니다. 삶에 대한 사랑 없이는 진정한 정신적 삶이란
있을 수 없습니다.

　인생을 설계하는 것은 무척 어려운 일입니다. 그리고
우리의 설계가 처음의 의도대로 이루어지는 경우도 그렇
게 많지 않습니다. 영혼을 보다 성숙하도록 만들려면, 무

엇보다도 인생에 대해 긍정적으로 반응할 수 있는 능력을 키워야 합니다. 모든 영적인 패배 중에서도 가장 최악의 경우는 인생의 가능성에 대한 열정을 잃어버리는 것입니다.

기회들은 우리가 준비할 때에만 제공될 수 있습니다. 우리를 방문하는 시간들은 언제나 특별한 교훈을 가져다 줍니다. 시간은 항상 우리를 기다리고 있습니다.

나는 지금 내가 서 있는 곳을 발견하고, 그곳에 있다는 사실에 대해 감사할 것입니다. 지금 있는 곳이 나에게 가장 적합한 시간과 장소이며, 내가 미래를 향해 준비하도록 합니다.

비참하다고 생각하면 모든 것이 비참하다
그와 반대로 자기 자신만 만족하면
언제라도 행복하게 지낼 수 있다

삶은 지불의 연속입니다. 가는 정이 있으면 오는 정이 있다' 는 말이 있습니다. 이것은 우리의 인생을 행복이나 불행으로 이끄는 비결이 서로에 대한 신뢰에 달려 있다는 사실을 의미합니다.

사회의 한 부분을 구성하고 있는 우리는 주위의 사람들로부터 막대한 도움을 받고 있습니다. 그것은 반드시 우리가 갚아야 할 인생의 빚이라고 할 수 있습니다. 하지만 서로 나누는 일을 싫어하는 사람이 있습니다. 그런 사람은 항상 자신이 받는 것에 대해서만 관심을 기울입니다.

무엇인가를 지불한다는 것, 어쩌면 그 일은 희생을 요

구하는 것일 수도 있습니다. 지불이 우리에게 이로운 것이라는 점을 깨닫게 되기까지는 약간 시간이 걸립니다. 그리고 결국 우리는 그 혜택을 공유하게 됩니다.

사랑은 서로 나누는 것입니다. 나 혼자만의 감옥에 갇힌 사랑이라면 따스한 온기를 지닐 수가 없습니다. 만약 우리가 받은 도움과 사랑을 기꺼이 다른 사람들에게 나누어준다면, 우리는 더욱 커다란 친절을 받기 위한 준비를 하는 것입니다.

당신과 나는 사랑을 주고받기 위해 만났습니다. 나는 감사하는 마음으로 나눌 것입니다.

사랑은 당나귀에게도 춤추는 방법을 가르칠 수 있다
사랑을 믿어라
어떤 고난도 정숙한 사랑을 이기지 못한다

어떤 삶이라고 할지라도, 비극적인 사건과 상실로 인해 짊어져야 할 고난과 낙심의 몫은 있는 법입니다. 그러므로 잠시도 쉬지 않고 밀고 들어오는 부정적인 생각에 쫓길 때, 우리 모두는 이런 의문에 직면하게 됩니다.

"어떻게 해야 마음속의 열정을 언제나 생생하게 간직할 수 있을까?"

최소한 두 가지가 필요합니다. 하나는 인생의 긍정적인 면을 인정할 수 있는 능력이며, 다른 하나는 행동으로 옮기는 것입니다. 날마다 나에게 이렇게 질문하고 대답하는 것은 대단히 중요한 일입니다.

"무엇이 내 인생을 더욱 좋게 만들 수 있을까?"

"나는 과연 무엇을 해야 하는 것일까?"

첫 번째 질문은 우리로 하여금 삶의 밝은 측면에 초점을 맞추도록 도와줍니다. 두 번째 질문은 우리로 하여금 적극적으로 행동하게 하고, 나의 행복과 기쁨을 책임지는 사람이 다름 아닌 나 자신이라는 사실을 깨닫게 합니다.

우리는 언제나 긍정적인 일에 초점을 맞추어야만 합니다. 그런 순간에 우리는 삶의 모습을 결정할 수 있습니다.

나는 신의 의지를 행하면서 하루를 보내고 있습니다. 나의 영혼은 더욱 환하게 빛날 것입니다.

사랑
이보다 더 아름다운 단어가 또 있을까?

사랑이라는 말은 여러 가지 의미를 담고 있습니다. 연인의 정열적인 사랑도 있지만 노인을 공경하는 태도, 밤을 지키는 야간 경비원, 공익질서를 위해 노력하는 사람들의 마음속에도 사랑이 자라고 있습니다.

사랑은 다른 사람에 대한 헌신적인 봉사를 뜻합니다. 그것이 선물의 형태이거나 직업 혹은 어떠한 역할이거나 간에, '사랑'이란 이웃을 위해 나를 희생하는 것입니다.

어느 누군가에게 사랑을 베풀고 있을 때, 우리의 영혼은 귀족처럼 고귀해집니다. 그리고 내가 사랑받을 만한 가치가 있다는 사실을 다른 사람에게 보여주는 것이기도 합니다.

사랑은 육체적인 행동만을 통해 드러나는 것은 아닙니

다. 훌륭한 사랑이란 나 자신을 용서하고 과거의 잘못을 수용하면서 좋은 생각, 좋은 말, 좋은 행동으로 우리의 정신을 풍요롭게 만드는 것입니다. 먼저 나를 사랑할 때, 그 사랑은 더욱 아름다운 것이 될 수 있습니다.

인생에서 평화와 안정을 얻고 싶다면, 친절한 마음으로 나를 이해하고 나와 다정하게 지내고 나를 사랑해야 합니다.

나는 항상 마음을 활짝 열고 살아갈 것입니다. 나와 다른 모든 사람들을 사랑할 수 있다는 신념은 아주 소중합니다.

가장 오래 지속되는 사랑은
두 번 다시 돌아오지 않는 사랑이다

삶의 관습을 모조리 내던져 버린다고 가정하면, 그러
니까 법률이나 종교, 관습, 제도를 비롯한 그 모든 것들을
버린다면 우리는 마음껏 환상의 날개를 펼칠 수 있을 것
입니다. 그렇게 할 수 있다면 우리는 노동이나 재산, 유희
와 같은 일에 전혀 다른 가치를 부여할 수 있습니다.

우리 모두가 꿈꾸는 이상적인 사회는 과연 어떤 것일
까요? 아마도 그것은 돈이 존재하지 않는 사회라고 할 수
있습니다. 어쩌면 모든 일을 컴퓨터가 처리하고 사람들
은 마음대로 자유를 누리는 사회라고 할 수도 있습니다.
군대처럼 체계적으로 움직이는 사회, 혹은 부족사회를
이상향이라고 말할 수도 있습니다.

그런데 이상적인 사회에서는 죄와 벌을 어떻게 다룰까

요? 성공과 실패의 기준은 무엇일까요? 우리가 알고 있
는 가정이라는 개념은 어떻게 나타날까요? 사랑은 어떤
모습을 하고 있을까요? 새로운 사회에 대한 이상향은 서
로 다를 수 있지만, 그 속에는 우리의 마음 깊은 곳에 자
리잡고 있는 가치가 깃들여 있습니다.

　내가 소유하고 있는 것 중에서 가장 소중한 것이 무엇
인지 알게 된다면, 나는 만약 그것이 없다면 어떻게 될
것인가하는 상상을 할것입니다.

노아가 방주를 만들 때에는 아직 비가 내리지 않았다
모든 위험에 항상 대비할 수 있어야 한다

우리가 살아가면서 다른 사람들과 만나는 태도에는 여러 가지 방식이 있습니다. 비판적인 태도로 사람들을 대할 수도 있고, 호의적으로 아니면 무관심하게 대할 수도 있습니다.

다른 사람에게 대하는 태도는 곧 나에 대한 정보를 알려주는 것이기도 합니다. 만약 나의 마음속에 사랑이 가득하다면 친절하게 대할 것입니다. 만약 회의와 불안에 시달리고 있으면 마구 헐뜯고 비난할 것입니다.

하지만 우리는 절망이라는 감옥에서 벗어날 수 있습니다. 나의 사적인 감정들을 심연으로 가라앉히면서 따스하고 상냥하고 친절한 태도로 다른 사람을 대할 수 있는 것입니다. 그렇게 한다면 우리의 우울한 기분까지도 아득하게 사라지게 됩니다.

나는 내가 창조한 세계 속에서 살아가고 있습니다. 내가 나를 대하는 태도는 내가 다른 사람을 대하는 태도와 같습니다. 나의 친구는 자아를 비추는 호수입니다. 친구의 모습을 보면, 내가 지금까지 감출 수 있다고 믿었던 나의 진정한 모습이 그대로 드러나게 됩니다.

서로의 마음을 따스하고 부드럽게 어루만지면, 잃어버린 행복까지도 되찾게 되는 것입니다.

우리는 각자 원하는 만큼의 행복을 맛보면서 살아갑니다.

변하지 않는 우정은 인생의 행복과 고통을 서로 나누고 믿음을 공유하는 과정 속에서 쌓이는 것입니다. 우정은 우리가 얻을 수 있는 커다란 선물입니다. 그것은 삶의 영역을 더욱 넓힐 수 있습니다. 우리는 삶을 올바르게 이끌어 주는 거대한 힘이 존재한다는 믿음을 공유하고 있습니다. 우리는 지금 우정의 도움을 받으면서, 삶을 충만하게 하는 방법을 배우고 있는 것입니다.

좋은 친구를 사귀는 것은 대단히 어려운 일입니다.

행복을 함께 나눌 수 있는 친구는 많지만, 고통을 서로 분담할 수 있는 친구는 얼마 되지 않습니다. 우정은 어떤 때에는 몹시 상처받기 쉬운 것입니다.

깊은 우정은 신뢰에 가장 커다란 가치를 부여하고 있습니다.

우정은 우리의 삶을 부유하게 만들고 윤택하게 만듭니다. 친구들과 함께 공유하는 경험들은 삶의 영역을 무한히 확장시켜 줍니다. 우리가 지금 이 자리에 함께 하고 있는 것은 결코 우연이 아닙니다. 우리는 다정한 친구들에게 많은 도움을 줄 수 있습니다.

우주가 햇살로
쏟아지는 아침

내 심연의 숲
나는 그곳에서 나를 물고 달아나는 한 마리 금빛 용을
쫓고 있었다
무수한 존재의 파편으로 이루어진 나는
투명한 태양의 성으로 들어간다

우리의 감정은 매우 풍부합니다. 누구나 경험하게 되는 사랑이나 슬픔, 불안, 분노의 감정들도 거대한 감정의 흐름에서 본다면 아주 작은 한 조각일 뿐입니다. 작은 '감정'이라는 지류들이 모여서 큰 강을 만드는 것입니다.

이러한 것은 군중 속에 있을 때, 가장 잘 체험할 수 있습니다. 군중의 분노는 대단한 파괴력을 가지고 있으며, 집단적으로 환희에 도취될 수도 있습니다. 시위하는 사람들이나, 경기에서 승리를 거두고 환호하는 사람들을 보면 충분히 이해할 수 있을 것입니다.

하지만 개인과 군중은 많이 다릅니다. 개인은 군중과는 달리 언제 어느 때라도 자신의 감정을 다스릴 수 있습니다. 그리고 모든 결정이나 행동을 스스로 통제할 수 있는 것입니다. 분노를 느끼면 다른 사람에게 해를 입히지 않는 범위 내에서 솔직하게 표현할 수도 있습니다. 슬픔과 고통에 몸을 떨기도 하지만, 어느 정도 시간이 흐르면 모두 극복할 수 있습니다.

영혼에 위안이 되는 감정을 품고 살아가는 방법과, 자신을 갉아먹는 감정을 품고 살아가는 방법 중에서 우리는 어느 한 가지를 선택해야 합니다. 마음을 열고 이 세상의 모든 것을 연민으로 받아들이면, 아름다운 조화를 이룰 수 있을 것입니다.

더 이상 참을 수 없을 정도로 감정이 격앙되면 차라리 그 감정이 자연스럽게 흘러가도록 하십시오.

 우주가 햇살로 쏟아지는 아침 2

행복은 누군가를 행복하게 해주는 과정에서 얻어지는
부산물이다
선행은 행복을 얻는 과정이다

우리는 자기 중심적인 방법을 통해 행복을 얻으려고
노력합니다. 다른 사람들이 나에게 관심을 기울이고 호
의를 베풀어 주기를 기대합니다. 어쩌면 화려한 옷이나
신발을 구입하면서 행복을 사고자 할 수도 있습니다. 그
러나 즐거운 한 순간이 지나가고 나면 그것으로 끝입니
다. 우리는 또다시 불만으로 가득 차게 될 것입니다.

하지만 우리는 지금 변하고 있습니다. 우리는 어떤 물
건을 소유함으로써 얻는 행복은 거짓된 환상이라는 사실
을 알고 있습니다. 다른 사람들에게 관심을 쏟고 함께 희
망을 나누고 나의 비밀을 털어놓을 뿐만 아니라 다른 사
람의 이야기에 귀를 기울이는 것이야말로 우리가 그토록

 . . . .

갈망하던 행복을 발견하는 열쇠입니다.

고립된 영역에서 벗어나 다른 사람의 기쁨이나 슬픔에 관심을 보일 때, 나 자신이 누구인지 그리고 인생이 어떤 전망을 가지고 있는지 알게 될 것입니다. 사회는 우리의 관심을 요구하고 있으며, 동시에 우리에게 필요한 사랑을 줄 수 있습니다.

나의 내면에 깃들여 있는 창조력을 알아볼 필요가 있습니다. 다른 사람의 마음속을 깊이 바라보면서 내면의 속삭임에 귀를 기울이는 것은 커다란 즐거움을 안겨줄 것입니다.

 우주가 햇살로 쏟아지는 아침 3

나는 내가 가진 모든 것이다
언제나 나를 이길 수 있어야 한다
명예는 이 세상에 나를 드러내는 방법이다

지금 이 자리에 있는 나의 모습을 제대로 알 수 없을 때, 나 자신과 타협하는 길을 선택하게 됩니다. 내가 어떤 문제에 처해 있는지를 제대로 알지 못하고 있을 때, 이리 저리 방황하면서 어쩔 줄을 모르게 됩니다.

타협한다는 것은 고난을 극복하지 못하고 그 자리에 주저앉고 마는 것을 의미합니다. 정말 소중한 가치는 눈에 잘 보이지 않습니다. 우리의 마음속에 숨어 있기 때문에 쉽게 드러나지 않는 것입니다.

먼저 나 자신에 대해 알아야 합니다. 지쳐 쓰러질 때에도 혼자만의 힘으로 일어설 수 있어야 합니다. 나는 세상의 중심입니다. 자신과 타협하기보다는 나를 이기고 당

 • • • • • • • • • • • • • • • • • •

당하게 나아갈 때, 진정한 중심이 될 수 있습니다. 나와의 싸움에 충실히 임한다면, 모든 사람들이 그 투쟁을 가치 있게 평가할 것입니다.

가장 위대한 재능 가운데 하나는 우리가 스스로를 대표하여 결정을 내릴 수 있다는 사실입니다. 그리고 그 결정들은 우리의 마음을 기쁘게 만듭니다. 혼자의 힘으로 일어설 때, 자신에게 중요한 문제를 포기하지 않을 때, 우리는 좋은 결과를 기대할 수 있습니다.

우리는 우리 스스로를 묶는 재갈을 벗어버려야 합니다. 구속에서 벗어나 세상 속으로 뛰어드는 것입니다.

나는 이제 곧 내가 바라는 것에 따라 행동할 수 있을 것입니다.

순간을 사랑하라
그러면 그 순간의 힘이 모든 한계를 넘어
세상으로 널리 퍼질 것이다

우리는 가끔씩 무책임한 행동을 하거나 수동적인 태도를 보입니다. 과거에는 모든 책임에 대해 변명을 늘어놓음으로써 질책을 모면할 수 있었습니다. 하지만 이제는 그러한 것이 우리의 자부심, 우리가 가진 잠재력 그리고 성공에서 느낄 수 있는 행복 역시 빼앗아 간다는 사실을 알게 되었습니다.

"그 일은 어쩔 수 없어."

이런 말은 우리가 노력하지 않을 때 하게 됩니다. 실패에 대한 두려움은 우리를 무책임하게 만듭니다. 우리는 여전히 실패를 두려워하고 있을지도 모릅니다.

그러나 삶에 대한 믿음은 우리에게 두려움에 대한 해

 •

독제를 선사합니다. 우리가 인생을 더 강력한 힘으로 이끌어 나갈 때, 실패란 존재하지 않습니다. 우리는 성공의 과정을 보게 될 것이며, 친구들도 우리의 미래를 순탄하게 만들기 위해 많은 도움을 줄 것입니다.

나는 이렇게 말합니다. "할 수 있어." 나는 삶의 책임을 다하고 있다는 사실을 축하할 것입니다.

삶에는 지혜가 필요하다
나는 항상 낙원은 일종의 서재일 것이라고 생각했다

살아간다는 것은 기쁨이나 절망을 비롯한 그 어떠한 상황에서라도 책임을 진다는 것을 의미합니다. 삶이 두렵거나 힘들다고 해서 그러한 상황을 피할 수는 없습니다. 그러한 힘겨운 상황들을 잘 견딜 수 있을 때, 우리의 존재는 더욱 귀중한 것입니다. 어려운 상황 속에서 순간순간 대처해 나가는 힘을 얻는다면 그것이 곧 지혜입니다.

함부로 인생을 낭비하면서 살아간다면 우리는 열매를 수확할 수가 없습니다. 그것은 마치 컬러 영화를 흑백 영화인 것처럼 생각하고 보는 일과 같습니다. 우리의 삶은 컬러 화면입니다. 우리는 화면에 흑백이 아닌 컬러가 나타나도록 해야 합니다. 화려한 색상을 느끼고 그곳으로 들어가 변화시켜야 합니다.

우리는 진정한 자아를 발견하기 위해 노력해야 합니다. 복잡하고 미묘한 삶은 우리에게 지혜를 제공하고 있습니다. 그러한 지혜는 좌절과 절망을 극복할 수 있도록 해줍니다.

능동적인 삶은 그저 생존하는 삶보다 한 차원 더 높은 적극성을 나타내고 있습니다. 나는 두 발로 일어나서 당당하게 역경을 맞이할 것입니다.

명석하다는 것은 사물을 똑바로 보는 재능이다
사물을 아무런 왜곡이나 굴절 없이 정면으로 응시하는
것이다
어떠한 과장도 하지 않고
그것이 존재하는 그대로를 바라보는 일이다

우리는 이 세상의 모든 사물을 더욱 명석하게 바라보는 방법을 배우고 있습니다. 시간이 흐르고 폭넓은 경험을 하게 되면서 진실을 깨닫게 되는 것입니다. 우리는 혼자만의 욕망에 따라 눈앞에 있는 것들을 마음대로 왜곡하면서 이기적으로 행동하는 것을 그만두게 됩니다.

사물을 올바르게 바라보는 힘은 우리 모두가 지니고 있는 재능입니다. 그러나 그 재능을 실행으로 옮기지 않는다면 아무 소용이 없습니다.

우리는 정신적인 충만감을 갖추기 위해 노력하고 있습

니다. 날마다 정직한 삶을 살아가고 있으며, 더욱 많은 사람들에게 신뢰와 용기를 주기 위해 나를 희생합니다. 하지만 그 희생은 다시 나를 향한 봉사로 되돌아오게 됩니다.

정직과 사랑 그리고 정신적으로 충만한 생활에서 조금씩 멀어지기 시작할 때, 우리는 진실을 왜곡하고 싶은 욕망을 느낄 수밖에 없습니다. 건강하지 못한 감정은 과거의 그릇된 태도에서 기인합니다. 명석한 시선으로 정면을 응시할 수 있다면, 모든 어려움을 극복할 수 있습니다.

만약 내가 명석하게 살아간다면, 이 세상은 올바르고 깨끗한 사랑으로 충만할 것입니다.

한 사람의 영혼이 성숙했다는 증거는
도저히 채울 수 없는 만족을
나의 것으로 받아들이는 사실에 있다

행복이란 어디에서 오는 걸까요? 우리는 항상 애타게 행복을 찾아다니고 있습니다. 행복은 오직 나 혼자만이 누릴 수 있는 것이 아닙니다. 우리 모두가 누릴 수 있는 어떤 것입니다. 그러나 행복을 소유하려면 반드시 요구되는 준비물이 있습니다.

어떤 특별한 순간에 느끼는 절망과 좌절은 우리로 하여금 그 고통을 쉽사리 벗어버리는 길을 찾도록 만듭니다. 그러한 각각의 시도들이 짧은 만족감을 안겨줍니다.

하지만 행복은 짧은 만족으로 만들어지는 것이 아닙니다. 우리는 행복을 억지로 벌어들일 수 없습니다. 단지 행복이 있는 곳에서 그것을 찾을 수 있을 따름입니다.

우리는 행복을 원합니다. 그렇지만 행복은 우리가 내면의 목소리에 귀를 기울일 때 조용히 찾아올 것입니다. 행복은 우리의 개인적인 문제보다는 다른 사람들에게 도움을 주기 위해 노력하는 과정 속에서 발견할 수 있습니다.

행복이 무엇인가에 대해 새롭게 정의할 필요가 있습니다. '나'와 '너'의 진정한 가치를 이해하면 우리에게 행복이 찾아올 것입니다. 그리고 많은 사람들의 영혼에 가까이 다가서면 다가설수록 행복은 더욱 커지게 됩니다.

나는 마음을 열고 행복을 발견할 것입니다. 그리고 믿음을 나눌 수 있는 친구들과 함께 행복을 공유합니다.

인생을 거부하는 시기가 다가와도
단단한 장벽에 부딪혀서 눈물을 흘릴 때에도
우리는 그 고난을 당당하게 헤쳐 나갈 수 있다

삶의 어떤 지점에서 눈물을 흘리거나 두려움을 느낄 시기가 있습니다. 우리는 언제라도 견디기 어려운 상황에 처할 수 있습니다. 하지만 삶의 먹구름은 이내 걷히기 마련입니다.

우리가 결코 극복하지 못할 상황이란 있을 수 없습니다. 그리고 어렵게 지나간 날들은 미래의 삶을 더욱 편안하게 만들 것입니다. 우리는 이렇게 고통스러운 순간도 역시 지나가기 마련이라는 사실을 배우고 있는 것입니다. 정신력은 육체의 고난에 따라 더욱 강해집니다.

많은 사람들과 나누는 사랑의 연결고리가 우리를 만듭니다. 과거의 나를 돌아보고, 내가 지금 얼마나 멀리까지

왔는지 생각할 필요가 있습니다. 나로 하여금 술을 마시게 했던 날들이 이제는 편안한 행복으로 바뀌었다는 놀라운 사실을 발견할 수 있을 것입니다.

서로 나누는 즐거움은 힘들고 어려운 순간들이 오랫동안 지속되지 않게 만들어 줍니다. 우리는 지금도 홀로가 아니라 함께 길을 걸어갑니다.

지금 내 앞에 놓인 기회와, 미래를 향해 성장하는 나의 모습에 만족할 것입니다. 왜냐하면 그것들이 나의 인생을 조화롭게 만들기 때문입니다.

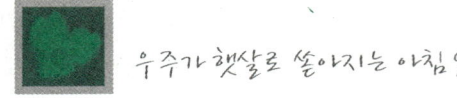
누군가를 따라 하는 것은 창조가 아니다
단지 모방에 불과한 것이다
모방으로는 나만의 세계를 만들 수 없다

모방의 사회는 발전의 가능성이 전혀 없는 죽은 사회입니다. 아무런 전망도 찾을 수 없는 것입니다. 우리는 누군가의 행동을 그대로 따라 하는 것이 아니라 어떻게 창조력을 발휘할 것인지 생각해야 합니다.

불행하게도 우리는 지금까지 '무조건 복종하라'는 명령을 받으면서 살고 있었습니다. 모방의 땅에서 한치도 벗어나지 못하고 있었던 것입니다.

이제 우리는 책임있게 자신의 행동을 선택하고, 다른 사람에게 의존하지 않는 방법을 깨달아야 합니다. 우리가 원한다면 아무리 무거운 짐도 짊어질 수 있습니다. 창조적인 의식과 행동이 결코 우리의 안정과 행복을 파괴하는 것은 아닙니다. 나의 행동을 내가 직접 결정할 때, 내가 얼마나 행동하기를 원하고 있었는지 알게 될 것입니다.

창조적인 목표를 정하고 실천으로 옮긴다고 하더라도, 마음속 어딘가에서 의심이 생길 수 있습니다. 하지만 우리가 수많은 과정을 거치면서 그런 의심을 몰아낸다면, 모든 일들도 잘 해결되고 우리도 한층 성장하게 됩니다. 그리고 기쁨이 우리의 몸과 영혼을 촉촉하게 적실 것입니다.

나는 올바른 판단과 결정에 따라 행동할 수 있습니다. 나의 정신은 내가 책임있게 선택하는 것에 따라 더욱 건강해질 것입니다.

만약 당신이 어떤 것을 원한다면
그것을 성취할 수 있다
아마도 인내와 고난, 현실의 극복 그리고
많은 시간이 요구될지도 모른다
하지만 반드시 성취할 수 있다는 사실은 명백하다

나의 태도가 나의 삶을 결정합니다. 그리고 긍정적인 태도는 모든 일들을 가능하게 만들 것입니다.

우리는 얼마나 많은 꿈을 잃어버리고 살아갑니까? 얼마나 많은 계획을 세우지만 끝을 맺지 못하고 있습니까? 이번에는 다를 거라고 스스로에게 다짐했지만 그것을 이루지 못했던 시간들이 얼마나 많았습니까?

우리는 좋은 삶을 살아가기를 원합니다. 하지만 그것을 적극적으로 찾아다니고 끌어당겨야만 하는 것입니다. 우리는 좋은 삶을 살아가는 데 필요한 열정을 기꺼이 투자할 수 있어야 합니다.

꿈은 목표를 향한 우리의 노력으로 더욱 가까이 다가옵니다. 그리고 꿈을 이루기 위해 우리의 능력을 최대한 발휘할수록 그 발걸음은 점차 가벼워질 것입니다.

지금도 우리는 소중한 꿈을 간직하고 있습니다. 그리고 그 꿈은 우리의 능력을 발휘하도록 만드는 선물입니다.

나는 꿈과 열망을 신뢰합니다. 그 꿈은 나만의 것이고, 나에게 무척 소중한 것입니다. 성실하고 긍정적인 태도로 노력한다면 어떠한 꿈이라도 이룰 수 있습니다.

나 혼자만의 고통에 사로잡혀서
나와 가까운 다른 사람의 지옥을 함께 할 수 없다는 것
은 대단히 이상한 일이다
고통을 나누면 절반으로 줄어든다는 사실을 모르는 것
이다

마취제의 효력은 우리의 의식을 완전히 마비시켜 버립
니다. 혼자만의 문제에 몰두하는 것은 마취제와 같은 역
할을 합니다. 그것은 종종 우리의 존재를 파멸시키는 결
과를 낳습니다.

그것은 어떤 문제에 대처하는 가장 비좁은 시각입니
다. 그것은 우리를 더 높은 차원의 능력으로 발전하지 못
하도록 만듭니다. 그것은 우리가 찾고 있는 진리에 접근
하는 길을 막아버리기도 합니다.

우리의 고통은 서로 나눔으로써 절반으로 줄어들 수

있습니다. 그리고 행복을 나누면 두 배로 늘어납니다. 얼어붙은 마음을 활짝 열어놓을 때, 눈부신 광명이 비칠 수 있습니다. 사랑으로 나누는 것이 우리의 삶에 공허한 울림이 된 적은 한 번도 없습니다.

우리가 나누는 모든 대화는 창조주와 나누는 말이라고 생각할 수도 있습니다. 사랑하는 사람과 나누는 대화 속에, 성장을 위해 우리가 알고 싶어하는 모든 것이 깃들여 있는 것입니다. 하지만 우리가 먼저 다가서기 전에는 결코 사랑하는 사람의 생각을 들을 수 없습니다.

만나는 사람들에게 온갖 정성을 기울이면 모든 문제는 저절로 사라지게 됩니다. 나의 내부에 존재하는 안테나가 그들을 부를 것입니다.

새로운 진리란 없다
단지 사람들이 주의를 기울이지 않아서 인식하지 못한
진리가 아직도 남아 있을 뿐이다

지난날에는 우리가 전혀 공감할 수 없었던 심오한 철학이나 사상을, 지금은 충분히 이해할 수 있습니다. 불과 몇백 년 전까지만 해도 지구는 조금도 움직이지 않고 우주가 움직인다고 믿었습니다. 해와 별이 지구를 돌고 있다고 생각했던 것입니다.

시대가 변하면서 과거의 것은 더욱 새로운 옷으로 갈아입게 됩니다. 우리의 눈을 가리고 있던 것들이 천천히 사라지면서, 이전에는 파악할 수 없었던 진리들이 드러나는 것입니다.

시간은 항상 우리의 의식을 성장시키기 위해 진리를 가지고 다가옵니다. 우리가 대면하게 되는 진리가 언제나 행복을 주는 것은 아닙니다. 때로는 몹시 고통스럽고 받아들이기 힘든 것도 있습니다. 그리고 진리에 따르는 변화가 수많은 걱정을 만들 수도 있습니다.

하지만 우주의 질서 속에서 진리에 이끌리는 변화들은 결국 우리의 행보에 기여하게 될 것입니다. 진리가 찾아오는 것을 환영할 수 있어야 합니다.

우리는 특별한 길을 따라 여행하고 있습니다. 그 길은 험난한 길입니다. 고난이 앞을 가로막고 있지만, 우리는 목표를 향해 나아갈 수 있습니다.

내가 받아들인 진리는 나의 길을 안내할 것입니다. 나는 안전하게 나아갈 수 있습니다.

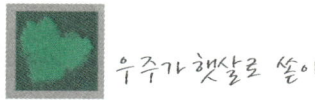

 우주가 햇살로 쏟아지는 아침 13

가장 작은 사회의 단위는 가정이다

가정은 그 자체만으로 이 세상의 요건을 두루 갖추고 있다

내가 경험했던 모든 것들은

바로 가정에서 처음으로 배우게 되었다

이 세상을 살아가는 동안 우리는 다양한 사회를 경험하게 됩니다. 학교에서는 지식을 배우고, 병원에서는 의술을 익힐 수 있습니다. 하지만 가장 작으면서도 가장 중요한 사회는 바로 가정입니다.

가정은 행복한 미래로 가는 디딤돌이라고 할 수 있습니다. 하지만 어떤 사람에게는 미래가 단단한 장벽처럼 느껴지기도 합니다. 그것은 자신을 위한 아무런 계획도 없기 때문에 생기는 일입니다.

어떻게 해야 우리가 원하는 미래를 향해 달려갈 수 있

을까요? 주위에서는 이렇게 말합니다.

"한 시간에 하루를 살아라."

"한 시간에 한 걸음을 가라."

빠름과 느림에 대한 견해의 차이는 아주 크다고 할 수 있습니다. 우리는 지금 처하고 있는 환경 속에서 어떻게 행동할 것인지를 선택해야 합니다. 어떤 사람은 빠름을 선택할 수 있고, 어떤 사람은 느림을 선택할 수도 있습니다.

우리는 이미 미래로 향하는 길에 들어서 있습니다. 과거에 대한 동경은 별로 도움이 되지 않습니다. 미래, 그 흥미로운 모험의 길을 따라 달려가면 우리는 마음속에 간직된 순수한 욕망이 무엇인지를 깨달을 수 있을 것입니다.

나는 미래를 개척할 수 있습니다. 내가 만나게 되는 다양한 경험들이 행복으로 이끌 것입니다.

좀처럼 변하지 않는 우정은
인생의 행복과 고통을 서로 나누고
믿음을 공유하는 가운데 이루어지는 것이다

우정은 커다란 선물입니다. 그것은 삶의 영역을 더욱 넓혀 줄 수 있습니다. 우리는 삶을 올바르게 이끌어 주는 거대한 힘이 존재한다는 믿음을 공유하고 있습니다.

시간이 가면, 우정이 사라지거나 상처를 입게 되는 경우가 있습니다. 복잡한 삶 속에서 우정을 놓치는 경우가 생기게 되는 것입니다. 우리는 직장과 학교 혹은 다양한 모임에서 많은 친구들을 사귀고 있습니다. 하지만 소중한 비밀과 미래에 대한 계획을 모두 알려줄 수 있을 만큼 그 친구를 진실로 신뢰하고 있을까요?

좋은 친구를 사귀는 것은 대단히 어려운 일입니다. 행복을 함께 나눌 수 있는 친구는 많지만, 고통을 서로 분담할 수 있는 친구는 얼마 되지 않습니다. 깊은 우정은 신뢰에 가장 커다란 가치를 부여하고 있습니다.

우정은 우리의 삶을 윤택하게 만듭니다. 친구들과 함께 공유하는 경험들은 삶의 영역을 무한히 확장시켜 줍니다. 우리가 지금 이 자리에 함께 하고 있는 것은 결코 우연이 아닙니다. 우리는 다정한 친구들에게 많은 도움을 줄 수 있습니다.

나는 신뢰를 바탕으로 하는 친구들에게 기꺼이 나의 우정을 전달합니다. 나의 힘은 우정이 깊어지는 만큼 더욱 증가할 것입니다.

우리의 꿈과 우리가 숨쉬는 대기 속에서
우리는 인생을 보다 멋지게 가꿀 수 있는 기회를 발견
한다

꿈은 우리를 새로운 발전의 세계로 끌어당깁니다. 우
리의 마음속에 들어 있는 꿈들을 실현하기 위해, 그곳으
로 걸어갈 수 있어야 합니다. 우리는 한 번에 한 걸음씩
전진할 것입니다. 꿈이 서서히 그 모습을 드러낼 때까지
참고 기다리는 것이 우리가 해야 할 모든 것입니다.

수천 수만 가지의 얼굴을 가지고 있는 꿈은 우리가 살
아가는 목적을 의미하고 있습니다. 하나의 꿈이 이루어
질 때, 이 세상은 더욱 친근한 모습이 될 것입니다.

꿈은 우리의 날개를 활짝 펼칠 수 있는 기회를 제공합
니다. 그 꿈은 나를 비롯한 다른 모든 사람들에게 행복을
선사할 수 있는 것이어야 합니다. 그 꿈들은 우리를 위해

계획된 운명의 일부입니다.

인내와 믿음을 통해 우리는 주위로부터 매우 특별한 것들을 제공받을 수 있습니다. 모든 사람들이 특별한 재능과 지혜를 가지고 있습니다. 우리는 신이 부여한 재능과 힘으로 새로운 발전을 이끄는 길로 들어갈 수 있습니다.

나는 내가 가진 모든 것에 대해 감사할 것입니다. 그리고 기억할 것입니다. 내가 친구들에게 베푸는 것은 보상받기 위한 것이 아니라는 사실을……

우리가 인생에서 중요한 결정을 내릴 때
나팔이 울리는 것은 아니다
운명은 항상 조용히 만들어지는 것이다

우리에게는 많은 종류의 선택이 주어집니다. 어떤 것은 크고, 어떤 것은 작은 선택입니다. 어떤 선택은 다른 사람에게 큰 영향을 끼칠 수도 있고, 나의 운명에 막대한 영향을 끼칠 수도 있습니다. 하지만 그렇다고 해서 선택하지 않고 결정하지 않는 것은 커다란 잘못입니다.

어떤 결정이 우리를 잘못된 길로 인도할 수 있습니다. 우리를 막다른 길에 이르게 할 수도 있습니다. 하지만 우리는 항상 돌아갈 수 있고, 다시 선택할 수도 있습니다.

우리가 어떤 것을 선택하는 순간에는 그 선택의 무게를 제대로 알지 못합니다. 단지 뒤늦은 깨달음이 그 선택에 대해 지혜로운 평가를 전달할 수 있을 뿐입니다. 그럼에도 불구하고 삶의 어느 순간에 아무것도 선택하지 않는다는 것은 부질없는 일입니다.

우리는 올바른 선택을 하기 위한 기회를 다시 그리고 또 다시 얻을 수 있습니다. 그것은 마침내 우리의 인생을 행복한 미래의 영토로 안내해 줄 것입니다.

나는 결정을 내리기 위한 오늘의 기회에 대해 걱정하지 않습니다. 나는 주위로부터 나의 결정에 대한 조언을 들을 것입니다. 나는 필요한 모든 선택을 합니다.

잠은 편안하다
죽음은 더욱 편안하다
그러나 가장 편안한 것은 이 세상에 태어나지 않는 것
이다

도저히 할 수 없다고 생각하는 것, 우리는 바로 그것을 해야만 합니다. 그런데 어떻게 우리가 불가능하게 보이는 일을 할 수 있을까요? 하나의 사회에 소속되고 직업을 갖고 친구를 만나고 도움을 요청하는 것, 이런 일들은 결코 우리가 혼자서 할 수 있는 것들이 아닙니다.

서로가 서로를 도와줄 때, 비로소 이루어지는 것입니다. 나 혼자의 힘보다 여럿의 힘이 모일 때, 더욱 힘들고 어려운 일도 쉽게 해결할 수 있습니다. 처음에는 불가능하게 보였던 일도 우리가 힘을 모으면 충분히 해낼 수 있습니다.

 . . . .

고독은 두려움의 씨앗을 품고 있습니다. 우리가 홀로 어떤 문제를 두려워하고 있으면 그것은 더욱 두려운 것이 됩니다. 하지만 나에게는 용기를 얻을 수 있는 동반자가 있습니다.

우리는 힘을 모아 세상의 파도를 헤치고 나아갈 수 있습니다. 우리가 단지 그 사실을 인식하기만 한다면, 어떠한 장애물도 통과하고 앞으로 전진할 수 있을 것입니다. 우리는 곧 마주치게 될 모든 상황에서 그것을 적용할 수 있습니다. 회피하는 것은 우리가 살아가는 길에서 더 이상 도움이 될 수 없습니다.

숨을 깊이 들이마시고, 나의 내부를 관통하는 힘을 느낍니다. 나는 힘을 모으면서 난관을 헤치고 나아갈 것입니다.

우주의 대변동도 어린아이가 헛간 구석에서
한 마리 참새의 죽음을 애석하게 생각하는 것보다
감동적일 수는 없다

어제는 이미 지나갔습니다. 우리는 일단 지나간 시간
을 다시 되돌릴 수 없습니다. 하지만 과거의 경험은 현재
와 미래에 반영될 것입니다. 우리는 어제의 좋은 상황과
나쁜 상황 모두로부터 귀중한 교훈을 얻습니다. 우리가
현재를 여행하고 있을 때, 그것은 다가오는 미래에 영향
을 미칠 것입니다.

비록 한 번 지나간 사건을 되돌릴 수는 없지만, 우리는
지금 이 순간에 주어지는 삶을 긍정적인 태도로 최선을
다해 살아갈 수는 있습니다. 다양한 경험을 통해 인생에
대한 이해를 보다 넓힐 수도 있을 것입니다.

우리는 과거를 딛고 미래로 나아갈 수 있습니다. 우리

가 경험하는 모든 것들은 아름답고 행복한 미래에 공헌
할 것입니다. 우리는 단지 전진할 뿐입니다. 우리의 뒤에
있는 문은 영원히 닫혀 있습니다.

다가오는 시간, 다가오는 미래와 대면하려면 먼저 용기
와 신념이 필요합니다. 지나간 날들은 다른 방식으로 우
리에게 다가옵니다. 우리는 올바른 방식으로 현재를 맞이
하고 있다는 믿음을 가지고 미래를 준비해야 합니다.

나는 결코 다시 돌아갈 수 없습니다. 과거에 대한 미련
을 떨쳐버리고 운명의 미래로 나아갈 것입니다.

성공을 거두려면 항상 자신의 잠재력을 실현할 수 있는
올바른 길로 접어들어야 한다

관대한 마음은 사랑의 표현입니다. 마음속에 사랑을
가득 담고 있는 사람은 언제나 관대하게 행동할 수 있습
니다. 지금의 상황에서 벗어나 좀 더 나은 삶을 영위하고
싶을 때, 우리는 더욱 성장하고 인내하고 관대해질 수 있
어야 합니다.

우리는 항상 기대감을 품고 살아갑니다. 만약 그가 변
할 수 있다면, 혹은 연인이 나를 떠나지 않는다면 더욱 행
복해질 것이라는 생각에 쉽게 몰입합니다.

하지만 언제나 행복의 씨앗은 나의 내부에 뿌리를 내
리고 있습니다. 그 씨앗이 자라나도록 하려면, 먼저 현실
을 겸허하게 받아들이는 자세가 필요합니다. 우리는 항
상 그 사실을 인식하고 있습니다.

 ●

삶을 겸허하게 받아들이지 않거나 인내하지 않는 것과 같은 부정적인 태도들은 나쁜 습관입니다. 우리는 이러한 습관을 몰아내기 위해 노력해야 합니다. 우리는 모든 사람들에게 웃음을 선사하는 새로운 습관을 만들 수 있습니다.

다른 사람들을 관대하게 대하는 것은 그들을 위해 그리고 나 자신을 위해 문을 열어두는 것입니다. 그 속에서 우리는 사랑을 배우며, 어떻게 베풀고 어떻게 도움 받는지를 알게 됩니다.

사랑을 모르는 많은 눈들이 있습니다. 나는 관대하게 그들을 대할 것입니다. 그것은 그들과 나 모두에게 좋은 선물입니다.

나는 항상 악이 아닌 선을 위하여 춤출 것이다
비록 그 춤이 끝났을 때
나의 기분이 꼭 좋을 수는 없더라도 말이다

　나 자신을 가꾸고 삶을 풍요롭게 만드는 것은 그저 서
재에 앉아서 창 밖으로 도시의 전경이나 바다의 풍경을
바라보는 것처럼 단순한 일일 수도 있습니다. 혹은 정원
에 앉아서 시간을 보내거나, 건강에 대해 감사하는 일이
라고 할 수도 있습니다. 물론 나 자신을 성숙시키는 데 가
장 커다란 즐거움은 충만한 사랑을 나누는 일입니다.

　영혼을 풍요롭게 만드는 방법은 아름다운 음악에 귀를
기울이거나, 깊은 의미를 담고 있는 책을 읽는 것입니다.
삶의 여유를 즐길 때마다 우리는 산다는 것이 얼마나 멋
진 일인지 다시 한 번 생각하게 됩니다. 그런 시간이 되면
벅찬 감동의 물결이 밀려오는 것을 경험하게 됩니다.

우리는 삶을 되돌아보면서, 너무나 자주 태만했다는 사실을 느끼게 됩니다. 그 일을 하는 것이 좋았을 거야, 혹은 그것은 하지 말았으면 하는 생각을 하면서 안타까움을 느끼는 것입니다.

아침은 항상 새롭게 시작됩니다. 기회는 지금 이 순간에 찾아오는 것입니다. 그것은 선택을 위한 기회이기도 합니다.

나의 자아는 유혹을 이길 수 있습니다. 하지만 무릎을 꿇을 수도 있습니다.

이 세상의 아름다움은 두 개의 날을 가지고 있다
하나는 웃음이고, 다른 하나는 눈물이다

웃음의 아름다움보다 절망의 고통이 우리에게 더욱 익숙하다는 사실은 의심의 여지가 없습니다. 우리는 실패와 좌절에 대해 고통을 느낍니다. 우리를 성공으로 이끌기 위한 시도가 좌절될 때, 절망에 빠지게 됩니다.

절망은 이 사회에 대한 공포로 변할 수 있습니다. 어느 누구도 고통이나 절망을 원하지 않지만, 그것은 우리가 반드시 맛보아야 할 아픔입니다. 그러나 행복보다 고통이 우리의 영혼을 더욱 부유하게 만들 수 있습니다. 고통은 우리의 삶에 커다란 공헌을 합니다.

우리의 행복도 역시 소중한 것입니다. 웃음은 더욱 많은 웃음을 낳습니다. 우리의 웃음은 우리의 눈물에 대한 대가입니다. 삶은 조화된 기쁨과 슬픔에 의해 더욱 풍요로워지는 것입니다.

만약 슬픔에 빠졌을 때, 그 슬픔이 우리의 삶을 전체적으로 완성시키기 위한 하나의 측면이라는 사실을 기억하기만 한다면 그것은 우리의 영혼을 자라게 하는 양식이될 수 있습니다.

나는 고통에 빠진 사람들을 도울 수 있습니다. 그것은 나를 더욱 행복하게 만들고, 곧 웃음을 선사할것입니다.

지금 당신이 요구해야 할 것은
오직 당신을 당신의 것으로 만들 수 있는 인생의 사건
들이다

  자아에 대한 추구는 지금도 계속되고 있습니다. 진정
한 자아를 발견할 수 있는 사람들은 대단한 행운을 만난
것입니다. 지금 이 순간에도 도처에서 '나는 누구인가?'
하는 질문이 쏟아지고 있습니다.

  지난날의 가슴 아픈 일들이 우리를 괴롭힐 수도 있습
니다. 그러나 우리가 지금과 같은 충만함을 느끼게 되기
까지는 고통스러운 기억조차도 커다란 공헌을 했습니다.
지금의 모습에 대하여 우리는 감사할 수 있어야 합니다.

  인생은 우리에게 많은 고통을 남깁니다. 그것이 좋은
일이든 나쁜 일이든 간에 나를 당당하게 주장하는 것으
로 상처를 치유할 수 있습니다. 그리고 그것은 과거와 미

래의 나에 대하여 책임감을 느끼도록 만듭니다. 또한 인생의 모든 일에 대해 능동적으로 참여할 수 있도록 합니다.

우리 앞에 놓인 선택은 매우 다양합니다. 어쩌면 능동적으로 인생에 참여하지 않는 길을 선택할 수도 있습니다. 그러나 지금 우리는 새로운 발견을 선택하고 있습니다. 우리는 상처를 치유하는 행동과 더 성숙한 자아를 선택하고 있는 것입니다.

나 자신을 나의 것으로 만드는 일은 참으로 즐거운 일입니다. 그리고 나에게 희망을 줄 것입니다. 나는 앞으로 다가오게 될 어떤 일에 대해서도 미리 준비하고 있습니다. 또한 새로운 기쁨을 알게 될 것입니다.

가장 끔찍스러운 밤이나 가장 길게 느껴지는 낮도
얼마 있지 않아서 끝날 것이다

시련의 끝은 항상 있기 마련입니다. 우리를 한없는 고
통으로 끌어당기는 시련도 언젠가는 끝납니다. 고통이
아무리 크다고 해도 결국 우리는 고통을 이기고 살아남
을 것입니다.

슬픔은 기쁨을 더욱 크게 만듭니다. 절망은 웃음을 더
욱 빛나게 합니다. 만약 슬픔이 없다면, 우리는 기쁨이나
웃음의 소중함을 알지 못할 것입니다. 시련 속에서 인내
를 배우고, 우리의 미래를 비출 수 있는 지혜를 기다리게
됩니다. 고통을 겪으면서 우리는 수호천사가 인도하는
소리를 들을 수 있습니다.

우리는 최근에 겪었던 고통스러운 경험에 대해 다시
한 번 생각할 필요가 있습니다. 시련은 우리를 더욱 현명

하게 만들고, 힘을 선사합니다. 고통은 성장을 도와주고, 더욱 건강한 삶을 누릴 수 있도록 합니다.

시련의 끝에서 우리는 새로운 깨달음을 얻게 됩니다. 힘들고 어려운 상황에 처했을 때, 우리는 내면으로 시선을 돌리면서 신과의 대화를 나누게 됩니다. 역설적으로 고통스러운 시절은 위대한 영혼과의 합일을 더욱 견고하게 해 주는 것입니다.

만약 시련의 날이 찾아온다면, 나는 그것을 나를 향해 내미는 손길로 받아들일 것입니다. 내가 앞으로 나아갈 수 있도록 이끄는 손길로……

진보의 길은 그렇게 빠른 것도, 쉬운 것도 아니다
천천히 꾸준히 걸어가는 것이 진보의 지름길이다

우리가 추구하는 것은 '완벽한 상태'가 아니라 '진보'
입니다. 그러나 우리는 가끔씩 두 가지를 서로 혼동할 때
가 많습니다. 나 자신이 완벽해지기를 기대하는 것은 흔
히 저지를 수 있는 실수 가운데 하나입니다. 우리는 있는
그대로의 자아를 받아들이고, 인생의 과정에서 흔히 일
어날 수 있는 잘못들을 인정해야만 합니다.

우리는 과거의 나쁜 습관을 떨쳐버릴 수 있습니다. 과
거의 그릇된 사고방식을 깨뜨리기 위해서는 행동이 필
요합니다. 먼저 결단을 내려야 하고, 내가 가치있는 존
재라는 사실을 믿어야 합니다.

나는 오직 한 사람뿐입니다. 우리는 특별한 선물을 가
지고 이 세상에 태어났습니다. 나의 존재는 그 자체로 완

전합니다. 이 사실을 거듭 나 자신에게 다짐할 수 있어야 합니다.

그것이 바로 시작입니다. 그러나 이렇게 시작한다고 해도 발전은 아주 서서히 이루어질 것입니다. 완벽한 상태란 달성되는 것이 아니라, 다만 추구될 뿐입니다.

나는 인생의 줄을 엮어서 정교한 매듭으로 아름다운 무늬를 만들고 있습니다. 그러므로 한 번에 한 바늘씩 천천히 해내가야만 합니다.

우주가 햇살로 쏟아지는 아침 25

조화를 이루는 것은 생명을 아끼고 사랑하는 일이다
우리는 모든 것들의 자연스러운 조화를 위해
변화의 과정에 적극적으로 참여해야만 한다

사회가 더욱 복잡해지는 데 따라 삶의 양식도 새로운 모습으로 달라져야 합니다. 낭비를 줄이고 꼭 필요한 만큼만 사용하며 아무것도 파괴하지 않는다면, 자연은 더욱 풍요로운 결실을 맺어서 우리에게 보답하게 됩니다.

이러한 삶의 방식은 어느 것 하나 그냥 버리지 않고, 땅에서 얻은 것을 다시 땅으로 돌려 보내는 것입니다. 우리는 자연에서 얻은 것을 다시 자연으로 돌려줄 수 있습니다.

조화로운 과정은 이처럼 조심스럽게 이루어져야 합니다. 우주는 균형과 조화의 힘으로 움직이고 있습니다. 조화를 이끄는 힘, 그것은 바로 자연의 순리에 따르는 태도

 . . . .

입니다. 북극곰이나 순록, 말미잘, 사과나무, 기린, 심지어 우리의 눈에 보이지 않는 박테리아도 자연의 순환을 돕고 있는 것입니다.

자연의 흐름을 거스르지 않고 그대로 받아들일 때, 우리는 조화로운 삶을 누릴 수 있습니다. 행복은 자연스러운 삶에서 비롯되는 것입니다.

나는 자연스러운 조화를 원하기 때문에, 모든 변화의 과정을 인정하면서 기꺼이 도울 것입니다.

삶이 우리가 주문한 양복처럼 꼭 맞기를 기대한다면
스스로 좌절을 초래하는 것과 마찬가지라고 할 수 있다

삶은 다양한 모습을 담고 있습니다. 우리는 꿈과 희망을 이루기 위해 노력을 기울이지만, 언제나 성공을 거둘 수는 없습니다. 때로는 좌절과 고통의 그림자가 하늘을 온통 가리는 경우도 있습니다.

어떤 계획이 애초에 기대했던 대로 이루어지는 일은 그다지 흔하지 않습니다. 삶의 목표에서 어긋난 경우도 있었습니다. 하지만 보다 중요한 것은 이러한 사실을 담담하게 받아들이는 방법을 배우는 일입니다.

실수는 부끄러운 일이 아닙니다. 만약 실수에 대해 부끄러운 생각을 하고 있다면, 그것은 나의 성장에 부정적인 영향을 미치게 됩니다. 그리고 그 결과로 인해 더욱 커다란 실수를 저지르는 것입니다.

실수는 우리가 목적지까지 도달하는 과정에서 마치 가로등과 같은 역할을 하고 있습니다. 어두운 그림자를 밝히면서, 두 번 다시 그런 실수를 하지 않도록 도와주는 것입니다.

이 세상은 아주 커다란 그림입니다. 그림의 일부를 이루고 있는 내가 없다면 언제까지나 미완성으로 남아 있게 됩니다. 그림을 완성할 수 있는 사람은 오직 나 혼자입니다.

망설이는 사람은 길을 잃어버리고, 앞으로 나아갈 수 있는 기회도 놓치게 됩니다.

희망은 절망보다 강하고
기쁨은 슬픔을 억누를 수 있다
사랑을 이길 수 있는 힘은 그 어디에도 없다

용기는 우리가 삶을 지탱할 수 있는 근원적인 힘입니다. 어렵고 힘든 일이 기다리는 경우에만 용기가 필요한 것이 아닙니다. 아주 작고 사소한 장애물과 만날 때에도 용기가 필요합니다.

고난과의 싸움은 인생의 한 부분입니다. 우리는 고난을 극복하면서 점차 진보하는 것입니다. 고난은 우리의 능력을 깨닫는 데 더욱 많은 기회를 제공하기도 합니다. 대립과 갈등의 시기를 거치면서 우리는 더욱 발전하고, 삶을 풍요롭게 가꾸는 것입니다.

고난의 시기가 몹시 힘들게 여겨질 때, 우리는 그만 포기하거나 차라리 이런 일이 없었다면 얼마나 좋을까 하는 생각을 하게 됩니다. 그러나 고난은 성공으로 가는 길목에 놓여 있습니다. 고난을 극복하지 않으면 성공을 나의 것으로 할 수가 없습니다.

나는 기꺼이 고난과 대면할 것입니다. 그것은 나를 축복으로 이끄는 과정입니다. 고난은 내가 아직도 생명을 유지하고 있다는 표시입니다. 희망은 살아 있는 사람에게만 찾아옵니다.

행동은 나의 진정한 실체가 나타나는 것입니다. 나는 행동을 통해 성장합니다.

적극적으로 재능을 활용하면 성공을 거둔다
하지만 그보다 더욱 커다란 의미가 있는 것은
재능을 통해 결점을 극복하는 일이다

실수도 인생의 한 요소입니다. 보다 중요한 것은 실수에 대해 어떻게 반응하는가에 달려 있습니다. 한 번의 실수로 인하여 영원히 그 자리에 주저앉게 된다면, 행복은 그 어디에서도 찾을 수 없습니다.

좌절과 절망의 늪에서 오히려 희망을 길어 올릴 수 있는 사람이 진정한 승리를 거둘 수 있습니다. 과거에 얽매이지 않고, 아무런 두려움도 없이 미래를 향해 나아가야 하는 것입니다.

인생의 지혜는 항상 실수의 과정 속에서 드러납니다. 우리는 완전한 삶을 갈망하고, 때로는 다른 사람에게 그것을 요구하기도 합니다. 그리고 목표를 달성할 수 없었을 때, 모든 것을 다 잃어버린 것처럼 실의에 빠집니다. 하지만 우리는 다시 일어나 산을 올라야 합니다.

희망의 등잔이 앞을 비추고, 지혜가 우리의 길을 안내할 것입니다. 우리는 많은 노력을 기울이면서 결점을 장점으로 바꿀 수 있습니다. 결점은 우리에게 갖가지 교훈을 주면서 더 성장할 수 있는 계기를 마련합니다. 우리가 결점을 없애기 위해 노력할 때, 희망의 빛은 더욱 밝아질 것입니다.

작은 실수로 말미암아 모든 것을 잃어버리는 것은 아닙니다. 오히려 실수를 통해 더 많은 것을 배울 수도 있습니다.

근심으로 가득 차서
인내할 시간이나 똑바로 쳐다볼 시간조차 없다면
그러한 인생은 과연 무엇이란 말인가?

동물이나 식물처럼 우리의 영혼도 신선한 공기가 필요
합니다. 긴장을 풀 수 있는 휴식과 자유로운 공간 속에서
마음껏 유영하고 싶은 것입니다. 그런데 날개를 펴고 하
늘로 날아오르고 싶은 욕구는 너무나 쉽게 허물어집니
다.

도무지 정신을 차릴 수 없을 정도로 바쁜 생활, 친구와
의 만남, 과중한 업무로 인하여 한가롭게 여유를 즐기기
위해 시간을 내기가 몹시 어렵습니다. 화창한 날씨에 야외
로 나가서 그냥 오랫동안 머물고 싶은 생각을 할 때가 있
습니다.

삶이 그냥 자유롭게 흘러갈 수 있도록 가만히 내버려 두

는 것은 어느 누구에게나 필요한 감정입니다. 마치 하늘에 떠 있는 구름이나 강물 위의 배, 바람결에 나부끼는 갈대처럼 자연의 순리대로 움직이는 것입니다. 이것은 참으로 은혜로운 여유가 아닐 수 없습니다. 축복받은 삶이라고 할 수 있습니다. 그러다가 다시 일상의 생활로 돌아오면, 우리의 영혼이 얼마나 생기에 넘치는지 실감할 수 있을 것입니다.

잠시 동안이라도 삶에서 한 걸음 물러선 채, 사물을 관조하는 일은 지친 영혼을 치유해 줍니다.

내가 시간을 관리할 수 없다면, 시간이 나를 지배할 것입니다. 나는 시간에 대한 선택권을 가지고 있습니다.

평등은 사랑의 가장 단단한 끈이다
모든 점에서 만인이 평등하다고 생각할 때
민주주의의 싹이 돋아나는 것이다

진정한 나의 모습을 어느 누구에게나 보일 수 있어야 합니다. 나를 숨기면서 살아가는 것은 진실을 감추는 일입니다. 언제까지나 나를 숨기려고만 한다면 편안한 삶을 살아갈 수가 없습니다.

물론 솔직하게 나를 드러내는 것은 무척 어렵습니다. 사랑하는 사람에게도 나의 결점을 숨기고 싶은 것이 우리의 공통적인 생각입니다. 하지만 그런 비밀을 혼자 간직하면서 생겨난 아픔은 진실로 인해 생길 수 있는 아픔보다 더욱 큽니다.

어느 누구에게나 정직하게 대하면, 전혀 기대하지 않았던 선물을 받게 됩니다. 그 중에 하나는 내가 다른 사람들과 똑같다는 사실입니다. 그리고 죄책감이나 수치심 역시나 혼자만이 갖는 느낌이 아니라는 사실도 알 수 있습니다.

나를 드러내는 과정을 통해 '우리'라는 공동체 의식이 생깁니다. 우리는 서로를 신뢰할 수 있기 때문에 새로운 힘을 얻을 수 있습니다. 비밀을 고백하는 순간, 우리는 죄책감에서 벗어나게 됩니다.

비밀을 숨겨야만 한다는 생각에서 해방되면, 건강한 인격적인 성장을 기대할 수 있습니다. 새로운 삶의 방식이 나를 기다립니다. 나는 모든 무거운 짐을 벗어 던지고, 성장을 위해 걸어가는 것입니다.

내가 짊어진 짐은 내가 비밀을 지키려고 매달리는 것만큼이나 무겁습니다.

시간은 변화만을 전문적으로 설계하는
유능한 건축가라고 할 수 있다

우리는 삶의 길목에서 만나는 사람들을 통해 많은 지식을 배웁니다. 우리는 경험을 서로 공유하고 있습니다. 그래서 내가 한 번도 겪어 보지 못한 일에도 충분히 대처할 수 있는 것입니다.

과거는 우리의 미래에 빛을 선사합니다. 사랑하는 사람들과 더불어 내딛는 발걸음 하나하나는 우리 모두의 발전에 기여합니다. 우리가 걸어가는 인생길은 조금씩 다르지만, 어떤 목표를 향해 끊임없이 달려가는 과정은 똑같은 것입니다.

우리는 인생의 초보 운전자입니다. 이 세상의 경험은 모두 새로운 것입니다. 때로는 실수를 할 수도 있습니다. 우리가 할 수 있는 최선의 행동은 과거의 실수를 기꺼이 인정하고, 다시 한 번 시작할 수 있다는 사실에 대해 감사하는 것입니다.

삶은 전진입니다. 배우고 고통을 분담하고 과거를 돌아보면서 삶의 가치를 새롭게 정립하는 것입니다. 우리가 겪게 되는 모든 변화는 보다 아름다운 모습으로 삶의 비단을 짜고 있습니다. 그 결을 더욱 곱게 만들기 위해 노력해야 합니다.

시간이 가면 모든 것은 변하기 마련입니다. 그 변화의 과정을 거치면서 우리는 새로운 모습으로 태어나게 됩니다.

우리는 모두 변화를 원하고 있습니다. 하지만 얼마만큼이나 충실하게 나의 일에 몰두하는가에 따라 변화의 질과 양이 달라지게 됩니다.

살아간다는 것은 단순히 호흡한다는 의미가 아니라 행동한다는 뜻이다

우리의 기관이나 감각 그리고 온갖 지각과 상상력을 이용한다는 뜻이다

우리는 특별한 재능을 가지고 있습니다. 이 재능을 완전히 발휘하려면, 사랑하는 사람의 격려가 필요합니다. 하지만 자신의 재능을 제대로 평가하는 사람들은 그렇게 많지 않습니다. 우리의 행동이 아주 먼 곳까지 그 영향을 미치고 세상의 미래를 다르게 만들 수도 있다는 사실을 모르고 있는 것입니다.

어떤 재능이든지 스스로 그 빛을 발하게 되는 순간을 기다리고 있습니다. 저마다 특별한 재능을 선사받은 이유는 지금 우리가 살아가고 있는 이 세상이 우리에게 의존하고 있기 때문입니다. 따라서 각자의 몫을 담당하는 과정을 통해 서로에게 도움을 주는 것입니다.

우리는 저마다 재능을 타고났으며, 그것을 꽃피울 수 있는 용기를 가지고 있습니다. 또한 그 재능은 내가 누구인지 정의하는 일에 도움을 주면서, 이 땅에 반드시 필요한 존재라는 믿음을 심어주고 있습니다.

그것이 바이올린을 연주하는 일이거나 글을 쓰는 일이거나 그림을 그리는 능력이거나 혹은 분쟁을 해결하는 능력이거나 노래를 부르는 능력이거나 간에, 우리는 각자 나름대로 스스로를 나타낼 수 있는 재능을 가지고 있습니다. 우리는 날마다 그 재능을 발휘할 수 있는 행운을 얻었습니다.

나는 과연 나를 둘러싸고 있는 삶의 영역에 진정으로 참여하고 있나요?

만물은 항상 변하고 성장한다
그래서 모든 빛과 사물은 저마다
가장 올바른 모양을 가진다

삶은 언제나 새롭게 펼쳐지는 변화의 연속입니다. 우리는 그런 변화의 순간을 더 올바르게 대면하기 위해 노력합니다. 각 단계마다 완성을 추구하면서 살아가는 것입니다.

하지만 시간이 흐르고 성숙하게 되면 더욱 절실히 필요한 것이 있습니다. 그것은 불완전한 삶의 과정을 그대로 받아들이는 일입니다.

삶을 가꾸고 더욱 아름다운 것으로 만들기 위해 노력하는 주체는 바로 나 자신입니다. 이러한 변화는 일생 동안 계속되는 것이기에, 우리를 새로운 성숙으로 인도하면서 끊임없이 변화로 이끌고 있습니다.

지금 우리가 받아들이는 경험은 어제의 성장과 더불어 삶을 더욱 윤기있게 만듭니다. 이러한 과정을 통해 우리는 우주의 지혜와 하나가 되는 것입니다. 고난과 변혁의 시기에 돋아난 싹의 모양은 그 변화에 적합한 형태를 갖추게 됩니다.

다음달이나 혹은 내년에 겪게 되는 변화 역시 아무런 준비도 없이 우리를 찾아오지는 않습니다. 성숙에 이르는 길을 도와주는 작은 변화들도 따스한 관심의 대상이 되어야 합니다.

우리가 내딛는 한 걸음 한 걸음은 영혼의 성숙을 위해 반드시 필요한 것입니다. 우리의 발걸음은 나의 것이든 다른 사람의 것이든 모두가 존중되어야 합니다.

나는 세밀한 계획에 따라 변화하고 성장하며, 더욱 성숙해 나갑니다.

인생이 우리에게 고난을 주면, 그것을 행복으로 만들 수 있어야 합니다.

고난과 행복은 전혀 다른 것이라고 생각할 수도 있지만, 그 두 가지는 언제나 한 곳에

놓여 있습니다. 행복은 고난의 꽃이 피어서 얻어지는 열매입니다. 과거를 돌아보면,

가장 힘겨운 시간이 있었기에 보람을 만끽할 수 있었다는 사실을 알게 됩니다.

어쩌면 이 세상은 아주 작은 것입니다. 우리가 미처 다 돌아보지도 못할 정도로 커다란

것처럼 보이기도 하지만, 사실은 우리의 행동 하나하나에 아주 민감하게 반응합니다.

우리는 그런 세상을 소중하게 여길 수 있어야 합니다.

아름다운 말은 영혼의 울림을 낳습니다.

사랑, 그것은 아무리 자주 말하더라도 여전히 향기로운 여운을 남깁니다.

사랑은 투명한 날개를 달고 있습니다. 그 어느 곳이든지 날아갈 수 있으며,

세상을 바라보는 시야를 더욱 넓히게 됩니다.

참된 사랑은 아무런 고통도 없이 이루어지는 것이 아닙니다.

언제나 태양을 향해 달려간다면, 우리는 한 번도 어둠을 만나지 않을 것입니다.

삶의 시간을 길게
만드는 그리움

언제나 태양을 향해 달려가라

그렇게 한다면 당신은 한 번도 그림자를 볼 수 없을 것이다

우리의 경험은 스스로가 선택한 것입니다. 어디론가 길을 떠날 때에는 혼잡한 교통으로 인해 짜증이 나기도 하지만, 가야 할 목적지가 있고 우리가 타고 있는 자동차가 있기에 얼마든지 웃을 수 있습니다. 목적이 있는 삶은 얼마든지 행복을 받아들일 수 있기 때문입니다.

세탁기가 고장났을 때에는 화가 나기도 하지만, 잠시 동안이라도 그 세탁기의 소음에서 벗어났다는 사실에 감사할 수도 있습니다. 모든 경험은 우리에게 어떻게 반응할지 선택할 기회를 줍니다.

우리는 화를 낼 수도 있고, 우울해질 수도 있으며, 두려움에 몸을 떨 수도 있습니다. 또한 우리는 사랑을 신뢰할 것인지 불신할 것인지의 여부를 결정할 수도 있습니다. 그 모든 것이 전적으로 우리의 결정에 달린 것입니다. 언제나 희망을 바라보며 살아간다면, 절망은 절대로 우리를 억누를 수 없습니다.

우리는 어떠한 경우에도 행복을 자유롭게 선택할 수 있습니다. 비록 여러 해 동안의 교통혼잡 때문에 정신이 없었을지라도 우리의 감정과 태도, 우리가 겪은 경험에 대한 반응을 통제할 수 있다는 사실은 얼마나 즐거운 일입니까?

시간이 우리를 곤란하게 할 수도 있습니다. 하지만 모든 방법을 동원하면서 그 시간을 성실하게 관리해야 합니다.

어떠한 불행 속에도 행복은 숨어 있다
다만 어디에 좋은 것과 나쁜 것이 있는지를 모르고 있
을 따름이다

행복은 모두가 더불어 살아가는 삶 속에서 탄생합니
다. 나는 많은 사람들의 삶에 커다란 영향을 미치고 있으
며, 지금 나의 도움을 기다리고 있는 사람들도 있습니다.

우리는 아무런 목표도 없이 살아갈 수 없습니다. 지금
우리에게 필요한 것은 헌신입니다. 그것은 나를 돌보지
않고, 사랑하는 사람들을 먼저 보살피는 일입니다.

때때로 우리는 아무런 흥미도 느낄 수 없는 일을 해야
만 할 때가 있습니다. 그런 일이 생길 때마다 우리는 이렇
게 말하는 법을 배웠습니다.

"나를 위해서 이 경험을 행복하게 받아들여라."

비록 힘들고 고통스러운 일이 생기더라도 우리는 그

속에서 행복을 발견할 수 있습니다. 사회가 요구하는 일을 헌신적으로 처리할 때, 우리는 더욱 밝은 곳에서 살아갈 수 있습니다.

행복은 스스로 노력하는 사람에게만 찾아옵니다. 따라서 우리는 맡은 바 책임을 다할 필요가 있습니다.

내가 다른 사람들의 인생에 연루되어 있다는 것은 의미있는 일입니다. 다른 사람들은 내가 맡은 역할을 전적으로 이해할 수 없을지도 모릅니다. 하지만 나는 믿을 수 있습니다. 이 세상에 커다란 영향력을 미치는 문제를 토론하는 회의에 내가 초대받았다는 사실을……

# 삶의 시간을 길게 만드는 그리움 3

옷은 아직 새 것일 때부터
그리고 명예는 젊었을 때부터
소중하게 여길 수 있어야 한다

명예를 가꾸고 지킨다는 것은 대단히 소중한 일입니다. 우리의 능력을 믿고 미래에 대한 가능성을 일구면서 살아간다면, 명예는 저절로 찾아올 것입니다. 우리가 항상 마음속에 명예를 담아 두고 있다면, 그것은 우리의 행동에 커다란 영향을 미치게 됩니다.

명예를 자기 목숨보다 더욱 소중하게 여기는 사람도 있습니다. 어쩌면 그것은 나에 대한 책임을 전적으로 진다는 것을 의미하기도 합니다. 나의 일, 나의 행동, 나의 사랑, 그 모든 것들에 대한 책임은 바로 내가 지는 것입니다.

나를 가꾸는 일은 힘들고 어려운 일입니다. 때로는 하고 싶은 일도 억지로 참아야 하고, 가장 아끼는 것을 포기해야 하는 경우도 있습니다. 하지만 궁극적인 관점에서 보면 그런 것들은 모두 나에게 도움이 됩니다.

새로운 삶으로 나아갈 때, 명예는 나를 보여줄 수 있는 가장 좋은 방법입니다. 맑은 영혼, 그것이 명예를 만듭니다.

모든 사람들을 잠시 동안 속일 수는 있습니다. 그리고 어떤 사람을 항상 속일 수도 있습니다. 하지만 모든 사람들을 항상 속일 수는 없습니다.

나는 인생을 무조건 받아들인다
많은 사람들이 인생의 조건으로 행복을 요구한다
하지만 행복은 아무런 조건도 요구하지 않을 때
비로소 얻어질 수 있는 것이다

인생이 우리에게 고난을 주면, 그것을 행복으로 만들 수 있어야 합니다. 고난과 행복은 전혀 다른 것이라고 생각할 수도 있지만, 그 두 가지는 언제나 한 곳에 놓여 있습니다.

행복은 고난의 꽃이 피어서 얻어지는 열매입니다. 과거를 돌아보면 가장 힘겨운 시간이 있었기 때문에 보람을 만끽할 수 있었다는 사실을 알게 됩니다.

우리의 인생에서 벌어지는 모든 사건들은 실타래처럼 서로 연결되어 있습니다. 하나의 경험이 아름답다고 해서 언제까지나 거기에 매달릴 수는 없습니다. 좌절로 인해 항상 주저앉아 있을 수는 없습니다.

지금까지 겪었던 그 모든 경험들이 나를 만들고 있습니다. 지금 내딛는 한 걸음 한 걸음이 인생의 모자이크를 형성하는 것입니다.

우리가 맞이하고 있는 시련이 성장을 위해 반드시 필요한 것이라고 생각한다면, 그 경험에 대해 감사하는 마음을 갖게 될 것입니다. 그리고 바로 그 순간, 쓸쓸한 과일도 꾹 참고 삼킬 수 있습니다.

사랑을 후회하는 것은 있을 수 없는 일입니다. 사랑 속에는 조까 없기 때문입니다.

정열, 그것은 생명의 추진력이다

인생의 여정에서 만나게 되는 사람들은 모두 나를 축복하고 있습니다. 그들은 참으로 다양한 일을 하고 있습니다. 목수나 변호사, 교수, 기술자, 의사를 비롯한 모든 사람들이 나에게 격려의 박수를 치고 있는 것입니다. 그것은 흘러가는 시간을 통해 확인할 수 있는 진실입니다.

누군가를 나의 성(城)으로 초대한다는 것은 자아를 정직하게 열어 보이는 일입니다. 때로는 실망할 수도 있고 약간 위험하기도 하지만, 나를 솔직하게 드러내는 과정을 통해 인생의 의미를 알게 됩니다.

수많은 경험으로부터 그리고 이 땅의 모든 사람들로부터 나를 떼어 놓는다면, 인생은 몹시 삭막하게 변할 것입니다. 성공적인 인생의 비결은 정열을 품고 서로 사랑하는 일입니다.

내가 마시는 공기를 다른 사람들이 나누어 마시고 있습니다. 정열의 문은 항상 열려 있습니다. 문을 열고 안으로 들어가서 사랑을 꺼낼 수 있어야 합니다.

나의 경험과 내가 만든 인격에 나를 맡길 수 있을까요? 그 선택은 오직 나만의 것입니다.

약간의 행복이라도 얻고 싶다면, 당신이 할 수 있는 한
최선을 기울여라
노력하는 것 이상의 보답을 얻으려고 하지 말아라
그것은 호수의 신기루를 향하여 말을 타고 달리는 것
과 같다

이 사회는 마치 부정과 억압과 기만으로 쌓아 올린 탑
처럼 보입니다. 위기의 순간이 좀처럼 그치지 않습니다.
그러나 웃음은 행복을 만들 수 있습니다. 때때로 웃음은
모순에 대항할 수 있는 무기 가운데 우리가 지닌 유일한
것이기도 합니다.

웃음과 행복은 서로 다른 것이 아닙니다. 하나의 줄기
에서 자라고 있는 두 송이의 꽃입니다. 우리는 모두 진지
한 성찰 속에서 스스로의 길을 만들어야 합니다. 웃음은
어떤 일의 주제를 파악하는 일에 커다란 도움이 되는 수

단입니다. 또한 우리는 다른 사람들의 헛된 생각을 웃음이라는 방법을 통해 일깨울 수도 있습니다.

우리가 항상 미소를 지으며 살아간다면 행복은 저절로 누리게 됩니다. 언제 어디에서나 웃음을 만날 수 있어야 합니다. 행복을 실어 오는 웃음의 능력은 참으로 대단한 것입니다. 그것은 우리에게 인생을 살아갈 수 있는 힘을 안겨줍니다.

날마다 벌어지는 새로운 사건들은 내가 과연 누구인지 생각할 수 있는 시간을 선물하고 있습니다. 나는 웃음과 함께 그런 시간을 받아들일 것입니다.

우리에게는 언제나 삶을 이끄는 인도자가 있다
겸손한 자세로 인도자의 말에 귀를 기울인다면
항상 올바른 판단을 하게 될 것이다

과거를 돌아보는 일은 아주 현명한 일입니다. 사회나 가정 혹은 친구들 사이에서 우리는 가끔씩 방향을 잃어버립니다. 하지만 그것은 정상적이고 자연스러운 과정입니다.

방황하거나 나 자신을 불신하면서 보낸 시간과, 나의 내부에 깃들여 있는 인도자를 찾아내는 일에 걸리는 시간은 비례합니다. 따라서 우리는 너무 오랫동안 방향을 잃어버리거나 의심에 사로잡혀 있을 필요가 없습니다.

과거의 추억은 행복한 것일 수도, 괴로운 것일 수도 있습니다. 그러나 무조건 과거에서 고개를 돌리고 외면할 수는 없습니다. 우리는 성찰의 과정을 통해 인생을 더욱 보람있는 것으로 만들 수 있습니다.

인도자의 지시에 따라 기꺼이 마음을 열고 따라갈 때, 우리는 올바른 길로 들어설 수 있습니다. 우리에게 필요한 것은 인도자의 말을 듣기로 결정을 내리는 판단력입니다.

어떠한 행동을 시작하기 전에 올바른 방향으로 가려면, 먼저 평온하게 명상에 잠길 수 있어야합니다.

　모든 사람들은 각자의 특별한 재능을 가지고 있다
　하지만 때로는 그 재능이 어두운 곳으로 우리를 이끌고 간다

　저마다의 인생은 소중한 의미를 가지고 있습니다. 그리고 우리의 삶을 가꾸고 새로운 미래를 제시하는 각자의 꿈은 결코 우연이 아닙니다. 꿈은 내면의 자아가 우리에게 들려주는 청사진입니다. 우리가 지닌 특별한 재능을 발휘할 수 있도록 인도하는 것입니다.

　우리는 서로 다른 재능을 가지고 있습니다. 그 재능을 우리는 각자 독자적인 방법으로 사용합니다. 우리는 절반의 인생에 쉽게 만족하는 까닭에, 지금 이 순간 우리의 눈앞에서 펼쳐지고 있는 기회를 그만 놓쳐버리는 경우가 아주 많습니다.

　더 적극적으로 삶을 대하지 않고 그저 관망하고 있다

면, 우리의 재능을 올바르게 사용할 수 없습니다. 우리가 시간을 그대로 흘려 보내면서 낭비하고 있다면, 내면의 목소리를 듣지 못합니다.

우리의 재능을 통해 이 세상의 모든 사람들에게 도움을 준다면, 지금까지 누리지 못했던 행복을 경험하게 될 것입니다.

꿈은 나의 길잡이, 나는 그 길을 따라가고 있습니다.

 삶의 시간을 길게 만드는 그리움 9

우리는 인내와 행복 그리고 사랑을 보았다
우리는 모든 것이 변한다는 사실을 알고 있지만
영원한 것도 있다는 사실을 깨달았다
자연은 끝없이 변하고 있지만 언제나 변하지 않는다

　사물의 본질을 직시하는 것은 진정으로 경이로운 일입니다. 그러나 마음의 준비를 하지 않으면, 그런 순간들을 만날 수가 없습니다. 사물은 언제나 영롱한 빛을 발산하고 있지만 불만이나 이기심, 절망과 같은 마음이 우리의 영혼을 흐리기 때문에 그 빛을 볼 수가 없는 것입니다. 따라서 우리는 스스로 편견에서 벗어나기 위해 부단히 노력해야 합니다.

　만약 불안에서 벗어날 수 없다면, 마치 낚시에 걸린 물고기처럼 어쩔 줄을 모르게 됩니다. 마음의 안정을 누릴 수 없다면, 새로운 것을 받아들일 만한 여유를 가질 수 없게 됩니다. 불안이 모든 것을 억누르고 있는 것입니다. 우

 ●

리는 더 이상 아무것도 배울 수 없습니다.

자연은 항상 변하지만, 조금도 변하지 않습니다. 우리는 그 진리를 통찰할 수 있어야 합니다. 사물의 노예가 될 것인지, 주인이 될 것인지 결정하는 것은 전적으로 우리의 권리입니다.

지금까지 나를 억압하고 있었던 것은 자유와 권리에 대한 두려움이었는지도 모릅니다. 나의 자유를 스스로 관리할 수 없다는 불신에 사로잡혀 있었던 것입니다. 하지만 나는 자유의지에 따라 모든 것을 선택할 수 있는 능력을 가지고 있습니다.

나는 자유와 용기를 선택합니다. 모든 것을 배우기 위해 마음을 열어놓을 것입니다.

삶은 다양하다

따라서 같은 문제에 두 개의 대답 혹은 그 이상의 대답
이 나올 수 있다

그리고 그 모든 대답이 올바를 수 있다

여기에 어떤 문제가 있습니다. 우리는 '틀리다' 혹은
'맞다' 라고 하면서 모든 문제를 흑백 논리로 풀어갑니다.
하지만 이러한 논리는 문제를 풀 수 있는 여러 가지 해결
책을 소홀하게 여기도록 합니다.

사회적인 관계 속에서 어떤 문제에 대한 대답은 그 상
황에 따라 여러 가지가 될 수 있습니다. 고정된 사고방식
에 모든 것을 가두고 그 속에서 문제를 풀어가려고 한다
면, 불행은 좀처럼 사라지지 않습니다. 유연한 생각을 통
해 다양한 가능성으로 해답을 찾아간다면, 진리는 우리
의 것이 될 수 있습니다.

 . . . .

독재자는 비록 이 세계를 지배할 수는 있지만, 아무도 그를 사랑하지 않습니다. 사랑이 없는 삶은 비참한 것입니다. 다양한 삶을 독단적으로 처리할 수는 없습니다.

한 가지 문제의 정답은 오직 하나밖에 없다는 식의 이분법적인 사고방식에 얽매인 채 살아간다면, 발전을 기대할 수 없습니다. 비슷한 상황이지만 우리가 다르게 행동한다면, 그 결과도 달라지기 마련입니다.

우리는 항상 새로운 행동을 선택하고 있습니다. 새로운 대답이 우리를 기다릴 것입니다.

언제나 진실하게 행동한다면, 무한한 가능성을 선택할 수 있습니다.

고기는 미끼만 보고, 거기에 있는 바늘은 보지 않는다
사람은 눈앞의 이익만 보고, 거기에 있는 재앙은 보지
않는다

만약 어떤 사람들의 실수로 인해 화가 났을 때, 나의
과거를 되돌아보면 어느 정도 분노를 삭일 수 있습니다.
나도 실수를 한 적이 있기 때문입니다.

우리는 다른 사람들의 결점을 보면서 기억의 창고에
차곡차곡 쌓아 놓습니다. 그것은 내가 그 사람보다 낫다
는 우월감을 맛보기 위한 행동입니다.

하지만 정작 나의 결점은 제대로 인식하지 못하고 있
습니다. 나의 좋은 성품과 나쁜 성품을 정확하게 알기
위해서는 자기 진단이 필요합니다. 다른 사람들에 대해
어떤 평가를 내리기 이전에 먼저 나 자신을 알아야 하는
것입니다.

 . . . .

다른 사람들의 행동을 보면서 어떤 결점을 발견할 수 있다면, 나도 역시 그런 것을 가지고 있을 수 있습니다. 지난 과거를 거울로 삼으면서 나의 결점을 조금씩 고쳐 나간다면, 발전에 커다란 도움이 될 것입니다.

어느 누구도 완전하지는 않지만, 다른 사람들에게 호감을 갖고자 노력할 수는 있습니다. 나를 좋아하는 방법을 알고 있는 사람은 다른 사람들도 쉽게 받아들입니다.

만약 누군가가 하고 있는 어떤 일을 별로 좋아하지 않는다면 나는 정직하게 나 자신을 바라볼 것입니다.

말은 우리가 생각하는 것보다 훨씬 더 강력한 힘을 지
니고 있다
어린아이의 마음속에 깊이 새겨진 말은
일생 동안 조금도 지워지지 않는다

순수한 사람들이 간직하고 있는 고통스러운 기억들 가
운데 하나는 어렸을 때 누군가의 말에 깊은 상처를 받았
다는 사실입니다. 난폭한 말이나 모욕적인 욕설 혹은 침
묵으로 일관하는 행동은 어린아이의 마음에 커다란 상처
를 남길 수 있습니다. 그리고 성장한 다음에도 그 말을 잊
어버리지 못하고 마음에 담아두게 됩니다. 괴로운 기억
이 과거의 상처를 좀처럼 놓아주지 않는 것입니다.

하지만 우리는 생각과 행동을 직접 결정하고 통제할
수 있습니다. 어느 누군가의 비난을 무시한 채, 자아와 긍
정적인 대화를 나누는 일을 선택하는 것은 오직 나만이

내릴 수 있는 결정입니다. 그러므로 우리는 그 어떠한 비난이라도 물리칠 수 있는 힘을 가지고 있습니다.

다른 사람의 말이 불러일으키는 상처를 성공적으로 치료하려면, 날마다 나 자신에 대해 긍정적인 평가를 내리는 과정이 진행되어야 합니다. 언제나 확신과 자신감에 차 있는 사람들은 자신과의 긍정적인 대화를 나누고 있습니다.

새로운 시작입니다. 나는 내가 가치있는 사람이라는 믿음을 가지고 다시 출발할 수 있습니다.

오직 노력만이 삶에 대한 건강한 태도를 낳는다
그리고 기본적인 시각이 어떤가에 따라
그 노력이 행복한 경험으로 남기도 하고, 불행한 경험
으로 남기도 한다
따라서 그 두 가지는 서로 분리될 수 없다

우리에게는 정신과 육체, 지성과 체력 사이의 균형과
조화가 필요합니다. 우리가 하는 일의 대부분은 오직 정
신만을 요구하거나 체력만을 요구하는 것이 아닙니다.
과학자나 농부 혹은 음악가도 영혼과 육체의 내밀한 긴
장을 유지하고 있습니다.

만약 우리가 원하기만 한다면, 건강과 행복의 질을 한
층 더 높일 수 있습니다. 주위를 돌아보면 온 세상이 몸과
영혼을 단련시키는 온갖 가능성들로 구성되어 있다는 사
실을 알 수 있습니다.

우리가 해야 할 일은 자신을 여는 것입니다. 좋은 생각이 있지만 그것을 행동으로 옮기지 않고 가만히 있으면, 공상이 되기 마련입니다. 점검하거나 다시 평가하지 않으면, 항상 그 일은 제자리 걸음을 하게 됩니다.

정신과 육체는 두 개로 분리할 수 없습니다. 둘 사이의 조화를 이룰 수 있다면, 어떤 일이라도 할 수 있을 것입니다. 지혜는 용기있는 행동을 만들고, 올바른 행동은 보다 깊은 지혜를 길어 올립니다.

정신적인 행복은 나의 사고 뿐만 아니라 노력에도 달려 있습니다.

우리는 다른 사람의 지식으로 박식하게 되지만
현명하게 되려면 자기 자신의 지혜에 의존하는 수밖에
없다

지금 있는 그대로의 모습에 만족한 사람은 별로 없습니다. 우리는 현재보다 나은 미래를 꿈꾸고 있는 것입니다.

지금의 모습이 마음에 들지 않는다고 해서 멀리 달아날 수는 없습니다. 나 자신으로부터 달아나면, 인생이 열어주는 새로운 가능성에 대해 그만큼 실망하게 됩니다. 자아와 대화를 나누지 않는다면, 다른 사람들과 다정하게 지낼 수가 없습니다. 나와 사회를 점점 더 멀리한다면, 그 어디에서도 행복을 찾지 못할 것입니다.

인생을 더 알차게 가꾸려면, 나는 먼저 나 자신이 되어야 합니다. 삶의 중심에서 멀어질 수는 없습니다. 나의 존재를 확인하는 과정을 통해 우리는 자유와 행복을 느끼게 됩니다. 진정한 나의 모습을 발견하고 다른 사람들과의 거리를 좁히는 것은 이 땅의 주인으로 서는 일입니다.

나를 받아들이는 것은 나를 사랑하는 과정입니다. 그것은 조화로운 삶을 위해 반드시 필요한 조건입니다. 나의 길은 아주 가까운 곳에 있습니다. 바로 나의 곁에 있는 것입니다.

나는 나 자신을 찬미할 수 있는 기회를 맞이합니다. 나의 자질은 아주 특별하고 인정받을 만한 가치가 있습니다.

희망을 품어라!
희망은 강한 용기를 드러내는 과정이고
새로운 삶에 대한 의지라고 할 수 있다

어쩌면 이 세상은 아주 작은 것입니다. 우리가 미처 다 돌아보지도 못할 정도로 커다란 것처럼 보이기도 하지만, 사실은 우리의 행동 하나하나에 아주 민감하게 반응합니다.

우리는 언제나 이 세상에 영향력을 행사하고 있습니다. 그리고 우리의 뜻에 따라 세상을 바꿀 수도 있습니다. 서로 대립하는 의견이 있더라도 조율하면 됩니다. 설득이나 연설을 통해 다른 사람들로 하여금 우리와 같은 의견을 가지도록 만들 수 있는 것입니다.

우리가 영향력을 행사할 수 있는 기회는 아주 많습니다. 신선한 꿈을 인식하고 새로운 목표에 접근하는 순간,

그런 가능성이 활짝 열리는 것입니다. 우리가 지금 여행하고 있는 모든 순간이 기회를 담고 있습니다.

희망이 있다면, 그것을 실현하기 위해 많은 노력을 기울여야 합니다. 우리의 마음속에 있는 어떠한 사상도 실현할 수 있는 것입니다.

나 자신과 나의 잠재력을 믿고 그것을 실현하기 위해 노력한다면, 새로운 문이 활짝 열릴 것입니다.

웃음도 눈물도 그렇게 오랫동안 지속되는 것은 아니다
사랑도 욕망도 미움도 한 번 스치고 지나가면
마음속에 아무런 영향도 미치지 못한다

한 걸음 한 걸음 내딛을 때마다 마음속에서 들리는 내
면의 목소리에 귀를 기울이고 있어야 합니다. 자아와 대
화를 나누는 방법을 알고 있다면, 더욱 수월하게 그 말을
들을 수 있습니다.

인생에서 절대적으로 올바른 길이란 없습니다. 그러나
다른 길보다는 비교적 편안하게 목적지로 인도하는 길은
있습니다. 지금 무엇이 필요한지 그리고 어떤 방향으로
나가는 것이 좋은지 우리의 내면은 이미 알고 있습니다.
그 말에 귀를 기울이는 것은 얼마나 행복한 일인가요?

우리는 이 세상에 홀로 남겨진 피조물이 아닙니다. 우
리는 모두 우주의 자녀이며, 새로운 의미를 가지고 있습니다. 외로움은 더 이상 우리의 것이 아닙니다.

우리에게는 목적이 있습니다. 우리가 내면이 전하는 말에 따라 조화롭게 살아간다면, 그 어떤 목적도 이룰 수 있는 것입니다.

모든 일을 차분하고 확실하게 대한다면, 언제나 올바른 길에 있다는 사실을 알 수 있습니다.

걱정이 세상을 지배하고 희망이 그것을 위로한다
희망을 품고 있다면
걱정은 더 이상 두려운 존재가 아니다

우리가 즐기면서 좋아하는 일은 항상 좋은 결과를 낳습니다. 하지만 어렵고 힘겨운 일은 많은 부담을 느끼도록 합니다.

우리는 그 어느 때라도 혼자가 아닙니다. 우리가 어렵다고 생각하는 일은 다른 사람에게도 똑같이 어려운 법입니다. 우리는 항상 도움을 요청할 수 있습니다. 아마도 그들은 자신의 능력을 보일 수 있게 되어서 기뻐할 것입니다. 서로에게 도움을 주고 다시 도움을 받는 것은 사랑을 쌓아가는 일입니다. 지금 하고 있는 일을 제대로 처리할 수 있다면, 모든 불안이 사라지게 됩니다.

성실한 태도로 일에 열중한다는 것은 현재와 미래의

간극을 서로 좁히는 과정입니다. 현재를 중요하게 여기는 것은 결코 미래와 관련된 일의 가치를 부인하는 것이 아닙니다.

우리는 어떤 목표를 마음속에 새기고, 자신의 행동이 나아갈 방향과 과정을 미리 알고 싶어합니다. 우리에게는 현재를 희생시키지 않으면서 미래를 설계할 수 있는 능력이 필요합니다. 또한 미래를 망각하지 않고 현재를 즐길 수 있는 능력도 필요합니다.

우리는 진실하게 말할 수 있는 날을 위해서 일하고 있습니다. "나는 내가 할 수 있는 모든 것을 할 수 있기 때문에, 내가 하는 모든 일을 좋아한다."

다른 사람의 도움이 진정으로 필요할 때
구조를 요청할 대상이 있는 사람은 건강하고 행복한
사람이다

모든 문제를 혼자의 힘으로 해결해야 하는 것은 아닙니다. 우리는 운명적으로 다른 사람들과 더불어 살아가고 있습니다. 이 세상에서 느끼는 사랑과 고통, 그 모든 경험은 우리 모두가 함께 나누고 있는 것입니다.

우리가 올바르게 성장하기 위해서는 고통만이 아니라 축복까지도 경험할 수 있어야 합니다. 그리고 우리는 다른 사람들의 흔들리는 발걸음을 안내하고 올바르게 이끌 수 있는 능력을 가지고 있습니다.

인생이라는 여행은 서로 동반자가 되어서 떠나는 기나긴 여정입니다. 그 길은 혼자 걸어가는 것보다 함께 떠나는 것이 더욱 편안할 것입니다.

지금도 우리에게 도움을 요청하는 많은 목소리들이 있습니다. 우리는 거기에 응답할 만한 준비가 되어 있어야 합니다. 우리 모두가 가지고 있는 가장 커다란 재능 가운데 하나는 방황하고 있는 친구들에게 위안을 줄 수 있다는 것입니다. 어떤 친구가 넘어졌을 때, 우리는 서로 부축할 수 있습니다.

내가 다른 사람의 도움을 필요로 하는 것처럼 그들도 역시 나의 도움을 필요로 하고 있습니다.

완전한 역사는 그 자체로 이미 충분하다

세상은 다양하고 풍부합니다. 부와 빈곤, 기쁨과 고통, 평화와 투쟁이 항상 공존하고 있습니다. 역사는 우리가 태어나서 살다가 죽어가는 여행과 같은 것입니다. 하루가 저물 때마다 역사의 한 장이 넘어갑니다.

역사를 다루는 사람이라면 언제나 역사가들의 해석이나 이론을 배우게 됩니다. 그러나 전체적인 역사는 해석으로 파악될 수도 없으며, 이론으로 증명되는 것도 아닙니다.

우리는 과거의 소중한 추억을 간직하고 있습니다. 그런 것들이 모여서 나의 역사가 되고, 사회의 역사가 되며, 세상의 역사가 되는 것입니다. 우리는 다른 사람의 역사를 보면서 많은 것을 배울 수 있습니다. 그런 역사는 그들이 지나온 길을 비추고 있으며, 어떤 결단이 현명한 것이었는지 알려주고 있습니다.

과거를 통해 우리는 미래로 나가는 문을 찾고 있습니다. 보다 커다란 삶 속으로 달려가는 것은 새로운 역사를 만드는 일입니다.

역사, 그것은 삶의 발자취입니다.

나는 모든 사람들의 현실을 존중하기 위해 노력합니다.
그리고 나의 시야에서 벗어난 곳에 더욱 넓은 세계가 있다는 사실을 기억할 것입니다.

시간은 진리의 아버지,

때가 되면 모든 것이 분명히 드러나게 된다

더불어 살아가는 삶은 약속을 바탕으로 합니다. 약속하는 것은 두 개의 마음이 하나로 모아지는 것을 의미합니다.

언어는 그 자체가 사회적인 약속에 전적으로 의존하는 것입니다. 친구, 파란색 혹은 사랑이라는 말을 어떻게 이해하는가 하는 것은 언어적 관습에 바탕을 두고 있으며, 원만한 의사소통을 가능하도록 만듭니다. 우리는 만나는 시간과 장소, 예절, 우정을 표현하는 방식에 대해 서로 약속하면서 모든 일을 진행합니다.

그런데 거짓말을 하는 것은 이러한 사회적인 약속을 무시하는 행위입니다. 우리는 전화를 한 일이 없으면서도 난처한 상황을 모면하기 위해 사소한 거짓말을 합니다.

"전화를 걸었지만, 네가 그 자리에 없었어."

그렇게 거짓말을 하는 것은 다른 사람의 호의를 잃어 버리고 싶지 않았기 때문입니다. 이런 것들은 자신이 완벽하고 실수를 모르고 약속을 어기지 않는 사람인 것처럼 보이도록 하려는 사소한 거짓말들입니다.

차라리 솔직하게 고백하는 것이 마음의 부담도 덜 수 있고, 더욱 당당하게 살아갈 수 있지 않을까요?

"전화를 하려고 했지만, 미처 걸지 못했어."

정직한 삶은 우리의 인생을 더욱 아름다운 것으로 만들 수 있습니다. 우리는 서로에게 희망과 위로를 선물할 수 있어야만 합니다. 그런 노력이 세상을 채우게 된다면, 일부러 거짓말을 하지 않아도 될 것입니다.

우리는 모두 불완전한 존재입니다. 그런 것도 인간적인 면의 한 부분입니다.

새들은 다리 밑으로 날아갈 때
항상 무의식적으로 머리를 숙인다
새들에게 다리의 높이는 아무런 문제도 되지 않는다

과거의 불안과 두려움이 아직도 우리의 가슴속에 남아 여운을 남기는 경우가 있습니다. 많은 사람들이 그런 것들을 끌어안으면서 살아가고 있지만, 그 원인에 대해서는 알려고 하지 않습니다. 아니, 어쩌면 그 원인을 한 번도 제대로 안 적이 없었는지도 모릅니다. 우리의 영혼은 이러한 두려움의 무게에 짓눌려서 신음하고 있는 것입니다.

그것은 우리의 성장을 방해할 수도 있습니다. 보다 자유로운 존재로 성장하려면, 이러한 두려움을 모두 벗어버려야 합니다. 불안과 두려움은 마치 병균처럼 무기력한 질병을 일으키기도 합니다.

혹시 나도 다리 밑으로 지나갈 때마다 머리를 숙이지

않는지 확인할 필요가 있습니다. 나는 지금의 나인가? 아니면 지난 과거에 사로잡힌 나인가? 과거의 그림자에서 벗어나면 마음이 자유롭고 홀가분하게 됩니다.

불안의 껍질이 보호하고 있던 상처는 얼마든지 치유할 수 있습니다. 지금 이대로의 삶을 당당하게 응시하면서, 현실과 직면할 준비를 해야 합니다. 두려움의 그림자에서 벗어나 희망의 땅으로 걸어가야 하는 것입니다.

나를 치료한다는 것은 나의 성장을 억누르는 두려움을 떨쳐 버린다는 것입니다.

행복과 불행의 근본적인 뿌리는
우리가 처한 상황이 아니라 우리의 성격에 달려 있다

평온한 마음은 인생의 힘겨운 투쟁을 가벼운 것으로 만들 수 있습니다. 재치는 고통스러운 상황을 순화시키고, 마침내 사라지게 합니다. 하지만 증오심에 차 있는 태도는 가장 아름다운 삶의 광채를 죄다 빼앗아 버립니다.

세상을 가벼운 것으로 받아들이는 태도는 삶의 무게를 덜어주지만, 증오는 고통을 더욱 무거운 것으로 만듭니다. 우리는 언제까지나 절망에 사로잡힌 채 살아갈 수는 없습니다.

우리의 기분이 어떤가에 따라서 주위의 상황에 커다란 영향을 미칩니다. 스스로가 자신의 행복에 대해 책임진다면, 모든 일에 능동적으로 대처할 수 있습니다. 이렇게 되면 기쁨의 순간은 더 커집니다.

걱정이나 행복은 우리의 손에 달려 있습니다. 만약 우리가 스스로 선택해야 할 어떤 상황에서 다른 사람이 우리의 감정을 지배하고 그것에 의해 우리의 운명이 결정된다면, 우리는 진정한 행복을 느끼지 못한 채 절반의 인생을 살게 될 것입니다. 절반의 삶 속에서는 행복이 찾아올 수 없습니다.

행복은 그것을 얻기 위해 손을 뻗기만 하면 언제나 도달할 수 있는 지점에 있습니다.

잠이 오지 않는 사람에게는 밤이 길고
다리 아픈 사람에게는 가까운 거리도 멀게 느껴진다
배우지 않는 사람에게는 인생이 멀다
인생은 배우는 과정에서 시작되는 것이다

인생은 언제나 결점 투성이고 불안정한 것입니다. 재난은 엉뚱한 곳에서 일어나 엉뚱한 사람에게 피해를 주기도 합니다.

책이나 연극을 보면, 대부분의 경우에 영웅들이 악당들에게 승리합니다. 그러나 인생에서는 악당과 영웅을 구별하는 것이 그렇게 쉬운 일이 아닙니다. 어느 누구에게나 영웅적인 모습이 있는 반면에, 악한 점도 역시 있기 때문입니다.

우리의 인생에는 모든 것이 들어 있습니다. 기쁨이 있는가 하면 고통도 있고, 칭찬이 있는가 하면 비판도 있으며, 승리의 영광과 좌절의 쓴 잔도 있습니다.

선과 악, 폭력과 사랑, 어둠과 빛이 이 세상에서 나름 대로의 형체를 가지고 함께 어울리는 것입니다. 이러한 삶의 복잡한 다양성을 그대로 받아들일 수 있어야 자기 발전이 가능합니다.

우리는 이 세상을 있는 그대로 바라보면서 성장할 수 있습니다. 만약 편견을 가지고 함부로 평가한다면, 진실은 그 모습을 드러내지 않습니다. 우리가 알고 있는 것은 단지 거대한 세상이 만들고 있는 아주 작은 일부분에 불과합니다. 하나의 불행에 너무 집착하면, 그 불행이 초래하게 되는 파도를 더욱 사납게 할 뿐입니다.

나는 안정을 위하여 성실하게 일하는 것입니다. 앞으로 다가올 날들은 새롭고 신선한 가능성을 내포하고 있습니다.

믿음이란 몹시 소중한 것이다
우리는 마음의 짐을
항상 믿을 수 있는 사람에게 풀어 놓는다

친밀한 감정은 우리를 하나로 연결하는 끈입니다. 마음을 열고 서로 대화를 나누는 과정을 통해 서로 이해하고 믿으면서, 우리는 서로의 공통점을 깨닫게 됩니다. 서로의 두려움과 상처가 얼마나 비슷한지 알 수 있고, 그것을 알기 때문에 우리는 힘을 얻을 수 있는 것입니다.

여럿이 함께 있으면 연대감을 느낄 수 있으며, 나의 힘을 많은 사람들에게 나누어줄 수도 있습니다. 누군가와 친밀한 사이가 된다는 것은 다른 사람을 위해 나의 능력을 사용할 수 있는 기회를 넓히는 과정입니다.

그러나 많은 사람들이 자신의 모습을 솔직하게 드러내는 데 두려움을 품고 있습니다. 만약 그들이 자신의 모습을 알게 되면 나쁘게 생각하지나 않을까 불안해 하기 때문입니다.

하지만 자신을 아무런 스스럼도 없이 보일 수 있을 때, 비로소 어느 누구도 우리를 나쁘게 생각하지 않는다는 사실을 알게 됩니다. 친밀한 감정은 오직 우리의 내면을 솔직하게 보여주는 과정을 통해 생기는 것입니다.

나에게 일어나는 일은 무엇이든지 견딜 수 있는 힘을 얻으려면, 다른 사람들과 함께 조화를 이룰 수 있어야 합니다. 주위에 있는 사람들은 나의 진정한 모습을 알고 있기 때문입니다.

위기에 처했을 때 그것을 극복하는 것과
모든 것을 포기하고 그 자리에 가만히 안주하는 것은
전혀 다른 문제라고 할 수 있다

절망은 한 순간도 우리의 주위에서 떠나지 않습니다.
절망의 영역에서 한 걸음도 벗어나지 못한 채 그 자리에
주저앉아서 세월을 보낼 수도 있습니다.

그러나 절망의 그늘에서 벗어나 희망의 빛을 맞이할
수도 있습니다. 삶의 고난에 대해 적극적으로 대처하면
서 인생의 거친 장애물을 뚫고 나가는 것입니다. 어려운
시기는 우리에게 가장 좋은 교훈을 남기는 법입니다.

절망은 전적으로 우리가 선택하는 문제입니다. 우리는
절망에 한 발을 그리고 희망에 다른 한 발을 올려놓은 채
망설이고 있습니다. 절망은 우리에게 너무나 친숙한 것
이 되었습니다. 그러나 절망을 극복하기 위해 노력한다

면, 세상의 모든 빛은 바로 우리의 것이 될 수 있습니다.

어려운 상황에 대한 적극적인 대응은 우리에 대한 믿음을 심어주고 있습니다. 모든 일을 혼자의 힘으로 감당하고 처리할 수 있다는 신념을 얻게 되는 것입니다.

인생의 기로에 서 있을 때, 우리는 그만 포기하고 싶은 유혹을 받게 됩니다. 하지만 우리가 성장과 진정한 행복을 원한다면, 도전을 향해 달려갈 수 있어야 합니다.

실패에 따른 절망보다 더욱 커다란 절망은, 그 실패를 극복할 수 있는 용기를 잃어버린 사람들의 절망입니다.

참된 사랑은
아무런 고통도 없이 이루어지는 것이 아니다

친구에게 말할 수 없는 일은 피할 수 있어야 합니다. 모든 일에 대하여 친구와 의논할 수 있어야 하는 것입니다. 어떤 것을 비밀로 만들게 되면 고통의 싹이 자라납니다. 언제까지나 가슴속에 묻어두는 비밀은 편집증을 낳게 되고, 정직한 대화를 불가능하게 만듭니다.

비밀이 없는 영혼은 투명한 날개를 달고 있습니다. 그 어느 곳이든지 날아갈 수 있으며, 세상을 바라보는 시야를 더욱 넓히게 됩니다. 그리고 감당하기 힘든 고통을 겪을 필요도 없는 것입니다.

나의 모습을 솔직하게 보일 수 있다면, 그 보답으로 정직한 삶과 믿음을 얻게 됩니다. 보다 나은 미래를 위해, 나의 진실한 모습을 드러내는 일보다 더욱 커다란 용기는 존재하지 않습니다.

우리가 인생의 모든 면을 하나하나 통제할 수 없다는 것은 분명한 사실입니다. 우리는 전지전능한 신이 아닙니다. 하지만 우리의 인생이 어떤 모습을 하고 있는가에 대해 책임을 지고 있습니다.

우리는 그저 단순하게 연극을 구경하는 관객이 아닙니다. 존재라는 한 편의 연극에 직접 출연하는 배우입니다.

나는 행동을 하기 이전에 먼저 깊이 생각할 것입니다.

진실된 사람은 환상의 뒤를 쫓아가는
허망한 삶을 살아가지 않는다

진정으로 다른 사람의 말에 귀를 기울이는 것은 어쩌면 쉬운 것처럼 보일지도 모르지만, 사실은 무척 어려운 일입니다. 타인의 말에 집중하는 것은 이해를 할 수 있다는 작은 표현이기도 합니다. 서로 나누는 삶, 서로 고통을 덜어주는 삶은 항상 대화를 필요로 합니다.

우리가 사랑하는 사람들에게 줄 수 있는 가장 커다란 선물은 주의를 기울이는 것입니다. 어떤 친구가 고민을 털어놓고 있다면, 우리는 반드시 귀를 기울이면서 집중해야 합니다. 그의 처지를 완전히 이해할 수 있을 때, 도움을 줄 수 있기 때문입니다. 그것은 우리가 어느 누구와 대화를 나누면서 그의 의견을 받아들이기 위한 방법입니다.

우리가 서로를 존중하고 있다면, 모든 갈등이나 대립도

사라지게 됩니다. 그리고 보다 깊은 친밀감을 나눌 수 있는 계기가 되기도 합니다. 우리는 함부로 판단하거나 비난하기를 원하지 않습니다. 서로 친밀하게 대화를 나눌 수 있다면, 이 세상의 꽃밭은 더 아름다운 꽃을 피울 것입니다.

다른 사람의 말에 귀를 기울이게 될 때, 우리는 모든 말 속에 의미가 깃들여 있다는 사실을 확인할 수 있습니다. 우리를 더욱 분발하도록 만드는 말과 자아에 더욱 근접하도록 만드는 말들을…….

아름다운 말은 영혼의 울림을 낳습니다. 친구의 말에 귀를 기울인다면, 그 친구도 역시 나의 말을 마음속 깊이 담을 것입니다.

사랑하는 사람의 말에 귀를 기울일 때, 우리는 자아를 더욱 잘 이해할 수 있습니다.

주의를 기울이면서 경청하는 것은 나의 가장 위대한 재능입니다. 만약 내가 받기를 원한다면, 먼저 베풀 수 있어야 합니다.

정체성을 확립할 수 있어야 한다
창조적인 행위는 정체성으로부터 출발한다
그러나 역설적이게도 정체성이란 자기 자신을 상실할
때 비로소 확립된다
여성의 정체성은 창조적인 행위에 몰입하면서 더욱 확
고하게 나타난다

새로운 것을 만드는 일. 그것은 지금까지 이 땅에 존재
하지 않았던 그 무엇을 형상으로 나타내는 창조입니다.
창조적인 행위란 새를 관찰하거나, 테니스를 치거나, 이
불을 만들거나, 요리를 하거나, 글을 쓰는 일들을 말합니
다. 창조적인 행위는 현재의 시간과 공간 속으로 몰입되
는 것이며, 동시에 그것으로부터 자유로워지는 일이기도
합니다.
우리는 창조적인 행위를 통해 성장합니다. 우리는 과

연 누구인가 하는 물음은 사고의 과정을 거치면서 풀립니다. 사색과 명상으로 자신의 정체성을 찾아가는 것입니다.

영감과 창조성은 동질적입니다. 그것은 기쁨의 근원이며, 신에게로 향하는 길이기도 합니다. 창조적인 행위는 즐거움이며, 우리를 통해 드러나는 즐거움은 다른 사람에게 그대로 전달됩니다. 우리의 정체성과 영감은 스스로의 이기심을 버리는 일상적인 삶 속에서 확립되는 것입니다.

창조성은 모든 인간이 타고나는 것입니다. 그것은 현재 우리에게 영향을 주는 영감의 또 다른 척도이기도 합니다.

삶의 시간을 길게 만드는 그리움 29

나는 예술가가 되기를 원하여 그 길에 전념했던 때를 기억한다

바라는 것이 꼭 실현되는 것은 아니라는 사실을 미처 깨닫지 못한 채, 자기의 능력과 진정한 소원이 무엇인지도 모르면서 달나라를 가겠다는 막연한 기대와 헛된 환상에 젖어서 살아가는 것이다

우연이란 항상 존재하는 것이 아닙니다. 우리는 자기 자신의 문제의식에 귀를 기울일 수 있어야 합니다. 수많은 사람들이 간과하고 있지만, 인생은 우리 스스로 계획하면서 성취하는 것입니다.

하지만 삶을 어떻게 계획하면서 살아가야 하는가 하는 고민도 없이 성장하는 경우가 허다합니다.

삶을 배울 수 있다는 사실은 그 얼마나 다행스러운 일인가요! 우리는 날마다 수많은 선택과 결정의 기로에 서게 됩니다. 합리적인 선택과 책임있는 결정은 우리를 보다 성숙하게 만들 것입니다.

우리의 정체성은 신중한 사고와 선택 속에서 더욱 확고한 뿌리를 내릴 수 있습니다. 그것은 또 당당한 자부심으로 이어질 것입니다.

나는 오늘 수많은 선택의 기회를 맞이할 수 있습니다. 나는 사려 깊은 선택으로 더욱 완전한 나를 만들 것입니다.

 삶의 시간을 길게 만드는 그리움 30

'그건 불가능한 일이야' 라고 하는 말 대신에
'그래 가능해' 라고 말하는
적극적인 사고의 전환이 필요하다
긍정적인 답변은 나의 삶을 보다 가치있는 것으로
변화시키기를 원한다는 표현이기 때문이다

우리가 어떤 일을 할 수 있다고 생각하는 것은 매우 순수한 희망입니다. 대부분의 사람들은 이미 완성한 업적만을 보려고 하기 때문에 좌절을 느낍니다. 우리에게는 결과를 작은 부분으로 나누어 바라보는 지혜가 필요합니다.

어느 한 시점에서의 부분, 하루의 어느 시점…… 작지만 소중한 시간들을 영글게 채우면, 풍요로운 인생을 설계할 수 있습니다.

우리는 최선의 노력 속에서 그 목표를 달성한 경우를 알고 있습니다. 마라톤 경기에서 승리한 우승자는 그 비

 . . . .

결을 이렇게 고백했습니다.

"나는 순간에 충실했다."

우리가 아무리 많은 계획과 목적 앞에서 좌절하고 절망을 경험했을지라도 조금씩 꾸준하게 노력하면서 지나친 욕심을 부리지 않는다면, 우리가 꿈꾸는 모든 것들을 이룰 수 있을 것입니다.

나는 지금 작은 노력을 기울일 것입니다. 훗날 이것은 내 인생의 목표를 이루는 과정에 일조하게 될 것입니다.

우리가 살아가는 방식은 참으로 다양하다
삶의 방식이란 우리에게 매우 중요한 문제이다

다른 사람을 억압하거나 지배하려고 하는 것은 그들로
하여금 우리의 명령에 따라 살아가도록 강요하는 것입니
다. 그것은 우리에게 행복과 평화를 주지 못합니다.

평화는 우리의 인생이 추구하는 중요한 목표입니다.
우리가 다른 사람에게 결정적인 영향력을 행사할 수 없
다는 사실은 오히려 우리를 무거운 짐에서 벗어나게 할
수도 있습니다. 사실 나의 행동을 조절하는 것만 해도 상
당히 힘이 드는 일입니다. 먼저 나 자신의 행동에 대해 책
임지는 것을 익히는 것이 필요합니다.

우리는 우리가 참여하는 조직 속에서 자주 무책임한
모습을 보여주고 있습니다. 그러나 실수와 좌절을 경험
하면서 점차 우리는 더욱 성숙한 모습들을 보일 수 있을

것입니다.

지금 우리가 보여주는 성실함은 책임있는 행동의 부산물입니다. 다른 사람들을 앞에서 이끄는 것보다 그들 스스로 따라오도록 만드는 것이 더욱 현명한 일입니다.

오늘, 나는 나의 행동을 겸허하게 평가할 것입니다. 책임있는 행동은 마음을 기쁘게 합니다.

물은 강력한 파괴력을 가지고 있다
물은 강한 바위를 닳아 없애버리고 모든 사물을 휩쓸어
버릴 뿐만 아니라 자연의 순리를 따를 줄 알기 때문이다

자연스럽게 순리에 따르는 것과 비논리적인 것은 서로
대립하는 부분입니다. 순리에 따른다는 것은 자아에 의
지한다는 의미입니다. 그런데 자아는 허위의식으로 치장
되어 있기 때문에 끊임없는 분쟁을 일으킵니다.

"어째서 그들은 내가 올바르다는 사실을 모를까?"

항상 이렇게 외치고 있는 우리의 저항은 바로 자아로
부터 출발한 것입니다. 그러나 역설적으로 삶을 충만하
게 만들고 삶을 신선하게 하는 일, 자기 주장과 편견을 버
리고 우리의 길을 부정에서 긍정으로 이끄는 힘 역시 우
리의 내면에 깃들여 있습니다.

물은 어떤 경우에도 상류로 거슬러 올라가지 않습니다.

 . . . .

하류를 향해 내려가지만, 일단 바다에 도착하면 다시 하늘로 올라갑니다. 가장 자연스러운 힘은 가장 강합니다.

우리가 마음에 안정을 가지고 진심으로 겸손하게 행동할 때, 비로소 평화를 얻게 될 것입니다.

저항은 비록 우리에게 친숙하지만, 순리에 따르는 것이 성숙과 평화입니다. 나는 오늘 마음의 평화를 추구할 것입니다.

금을 찾는 사람처럼
당신이 광산을 깊게 파는 일에 전념한다면
그 인내는 마침내 금광석을 만나게 할 것이다

때때로 우리는 어두운 광산 속에 묻혀 있거나, 외진 곳에 고립되어 있다는 듯한 느낌을 받기도 합니다. 몸을 조금도 움직일 수 없는 절박한 상황에 처한 것입니다. 그 순간 반드시 기억해야 할 것은 우리는 결코 혼자가 아니라는 사실입니다. 손을 내밀어 요청한다면 도움은 항상 가까운 곳에 있습니다.

만약 우리의 가능성을 발견한다면, 그 힘은 우리로 하여금 광산 속 어딘가에 존재하는 금맥을 찾도록 하고, 더 나아가 광산 그 자체만으로도 의미가 있다는 사실을 깨닫게 할 것입니다.

아무런 사고도 일어나지 않는 것이 좋은 일이기는 합니

다. 하지만 우리가 항상 황금만을 바라본다면 인생에서 더 많은 좌절을 맛보게 된다는 점을 기억해야만 합니다.

우리는 인생의 비단이 잘못 짜여지는 것을 원하지 않습니다. 한 올 한 올에 세심한 정성을 기울일 때, 황금의 가치도 더욱 귀중하게 여길 수 있는 것입니다.

나는 광산 속에 숨겨진 금을 발견할 수 있기를 바랍니다.

우리는 모두 이 세상으로 초대를 받았습니다. 어쩌면 나를 초대한 사람이 바로 당신일 수도 있습니다. 인생의 초대를 받았다는 그 사실만으로도 우리는 몹시 행복합니다. 작지만 소중한 것, 인생은 아주 작은 조각들과 아주 작은 기회들로 가득 차 있습니다. 정원에 피어 있는 한 송이 풀꽃이나 해변의 조개껍질, 조약돌, 잠시 동안 양로원을 방문하는 일, 친절한 행동, 진실한 우정이나 사랑, 한 줄의 시. 그런 모든 것들을 우리는 일상 속에서 흔히 발견할 수 있습니다. 하지만 이렇게 작은 것들이 모여서 인생을 보다 가치있게 만들고 보다 풍요롭게 가꾸는 것입니다. 길가에 피어 있는 풀꽃의 향기를 맡아보고 그 사실을 잊어버리지 않는 사람들은 작은 것을 소중히 가꾸는 방법을 알고 있습니다. 내가 베푸는 작은 친절이 다른 사람에게는 깊고 소중한 것으로 보일 수도 있습니다. 작은 사랑을 실천하는 것은 그렇게 어려운 일이 아닙니다. 지금 당장 시작할 수도 있습니다. 작은 사랑이 모여서 이 세상을 가득 채울 때, 우리는 작은 것의 소중함을 깨닫게 될 것입니다.

작은 나, 작은 사랑이 모여서 아름다운 세상을 만들어 나갑니다.

사랑이
저무는 숲으로

나무나 별처럼 우리는 거대한 우주를 구성하고 있는
일원이다
우리는 그 사실 하나만으로도
삶을 충실하게 살아가야 할 권리와 의무가 있다

우리의 삶은 이 세상의 모든 것들과 밀접한 관련을 맺
고 있습니다. 우주가 그 고유한 법칙에 따라 스스로 움직
이는 것처럼, 우리도 역시 다른 사람들에게 영향을 미치
거나 영향을 받으면서 살아갑니다. 우리는 그 사실을 하
나의 진실로 받아들이고, 그 질서의 리듬에 순응해야 합
니다. 질서의 리듬, 우리는 그것을 운명의 힘이라고 부릅
니다.

서로 사랑을 나누고 부족한 것을 채우는 과정을 통해
우리의 영혼은 보다 성숙할 수 있습니다. 또한 이러한 성
장은 다른 사람에게도 지대한 영향을 미치게 됩니다.

우리는 운명이라는 그림을 그리고 있습니다. 운명은 헤아릴 수조차 없을 정도로 많은 사람들을 만나면서 형성되는 것입니다. 그 운명의 그림을 완벽하게 이해할 필요는 조금도 없습니다. 다만 그림을 그리는 동안, 우리에게 필요한 것은 믿음입니다. 지금은 비록 힘들다고 해도 가까운 미래에 좋은 결과가 생길 것이라는 믿음.

미래에 대한 희망과 기대를 품고 있으면, 우주는 모두 나의 소유가 될 수 있습니다.

나는 이 길을 따라 나아갈 것입니다. 비록 미래에 무슨 일이 벌어지게 될지 알 수가 없지만 모든 것이 올바른 방향으로 나에게 대가온다는 확신을 갖고 있습니다.

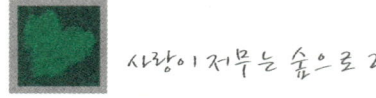

꽃은 암흑의 순간에 피어난다
세상이 모두 잠든 시간,
짙은 어둠을 헤치고 꽃봉오리가 열리는 것이다

이 세상은 비밀의 화원입니다. 지구가 온갖 비밀로 가득 차 있고 우리를 계속 불러내고 있는데, 어떻게 마음의 문을 닫아버릴 수 있을까요?

"난 진리를 찾았어. 그건 이런 모양이야."

우리가 발견했다고 믿는 진리의 파편에 집착하는 것은 지극히 인간적인 태도입니다. 하지만 이런 작은 진리가 우리로 하여금 새로운 발견을 하지 못하도록 가로막아서는 안 됩니다. 장님이 코끼리를 만지듯이요.

작은 진리에 발이 묶일 수는 없습니다. 진정으로 지혜로운 사람은 자신이 알지 못하는 사실을 솔직하게 인정하는 겸손함을 지니고 있습니다. 현명한 과학자나 유능한 의사는 그들이 아직 모르고 있는 사실에 대해 고개를 숙입니다. 고개를 숙이는 겸손한 행동은 오히려 그들을 더욱 크고 위대하게 만듭니다.

우리가 마음의 문을 열어 놓는다면, 새로운 세상이 펼쳐지게 될 것입니다. 인생은 도도하게 흐르는 강물입니다. 그 흐름을 견디지 못하는 것이라면 진리라고 할 수가 없을 것입니다.

우리는 사랑과 진리를 환영합니다. 하지만 그 사랑과 진리는 항상 내가 열어놓은 문을 통해 들어올 수 있습니다.

만약 당신이 모든 실수 앞에서 문을 잠근다면, 진리도 역시 들어오지 못할 것입니다.

커다란 날개를 가진 운명이
나를 데리고 바다로 날아갔다
나의 힘으로 아름다운 도시를 건설해서
그대에게 바칠 수 있다면……

우리는 정신적인 힘으로 어렵고 힘든 일을 처리할 수 있습니다. 하지만 이 세상에는 영적인 것을 신체나 지능보다 훨씬 낮게 평가하는 사람들이 많습니다. 정신력, 그 살아 있는 힘은 고난과 역경을 헤쳐 나갈 수 있는 길을 보여줍니다.

우리는 산을 들어서 옮길 수 있는 정신력을 가지고 있습니다. 팔이나 다리의 근육처럼 우리의 정신력도 역시 사용하면 사용할수록 더욱 성장하고 강인하게 변합니다.

나를 신뢰한다는 것은 대단히 어려운 일입니다. 진정 나를 믿을 수 있을 때, 우리는 보다 커다란 안정과 이 세계에 대한 깊은 신뢰를 얻게 됩니다.

자아를 성찰하는 명상을 통해서 우리는 '나'의 내부로 들어갈 수 있습니다. 낮음, 그 깊은 곳에 깃들여 있는 나의 진정한 모습을 만나면 영적인 힘은 더욱 커지게 됩니다. 만약 산을 옮기려고 한다면 우리는 먼저 그 일을 하기 위한 마음의 준비를 해야 합니다. 성숙한 정신력은 우리가 인생을 자유롭게 선택할 수 있도록 해줍니다.

말로 산을 들어서 옮길 수 없다는 것을 아는 것은 매우 중요합니다. 산을 옮기는 것은 노동, 그것도 대단히 힘든 노동입니다.

이 세상의 모든 것은 항상 변하기 마련이다
하지만 두 가지는 좀처럼 변하지 않는다
그것은 선과 악이다
선과 악은 마치 그림자처럼 당신의 뒤를 따라다닌다

　지금 이 자리에 있는 우리의 존재는 과거를 반영하고 있습니다. 과거의 모든 흔적들이 현재의 풍경을 만들고 있는 것입니다. 과거의 행동 중에서 어떤 것들은 우리에게 풍요로운 지식을 안겨 주었으며, 어떤 것들은 최선을 다하지 않았기 때문에 안타까운 것들도 있습니다. 하지만 우리의 모든 행동은 여러 가지 측면에서 성장에 기여하고 있는 것입니다.

　과거는 미래를 열어가는 좋은 길잡이라고 할 수 있습니다. 보다 성숙하기 위해 우리는 자신의 모습을 있는 그대로 받아들일 수 있어야 합니다. 과거에 대한 후회는 우리의 미래를 억누를 뿐입니다. 항상 슬픔에 잠긴 채 절망의 늪으로 가라앉을 필요는 없습니다. 지난날의 실수를 만회할 수 있는 가장 좋은 방법은 지금부터 책임있는 행동을 하는 것입니다.

시간이 흘러가고 있습니다. 시계 바늘이 움직일 때마다 우리는 더 나은 미래를 향해 달려갈 수 있는 기회를 맞이합니다. 깨어 있는 모든 순간이 우리에게 희망을 주고 있다는 것은 얼마나 행복한 일인가요?

나는 지금 이 순간, 선택을 할 것입니다. 나의 행동을 긍지로 채울 것인지, 아니면 후회로 채울 것인지…… 따라서 나는 신중하게 모든 일을 처리할 수 있도록 기도로 하루를 시작합니다.

나는 감정을 결정할 수 있는 선택권을 가지고 있다
모든 운명은 내가 만드는 것이다
그렇기 때문에 스스로의 성장에 대한 책임을 질 수 있
어야 한다

나는 나 자신의 주인입니다. 그리고 나의 감정도 나의
것입니다. 만약 다른 사람이 나의 감정을 통제한다고 하
더라도, 그렇게 만든 것은 바로 나 자신입니다. 그 모든
것은 전적으로 나의 선택에 의해 이루어지는 것이기 때
문입니다.

우리의 운명을 어느 한 사람에게 맡길 때마다 우리는
성장을 위한 책임과 의무를 포기하게 됩니다. 하지만 모
든 일을 우리가 스스로 결정한다면, 그것은 성장을 위한
밑거름이 될 수 있을 것입니다. 다른 사람에 대한 의존에
서 해방되는 것은 정말 매혹적인 일입니다.

자아의 실현, 그것은 나를 운명의 주인으로 만드는 과정입니다. 다른 사람이 나를 화나게 만들었다면, 그러한 분노가 일어나도록 만든 것은 다름 아닌 나 자신입니다. 분노는 우리의 정신을 소진하게 만듭니다. 분노에 마음을 빼앗기면, 우리가 이룩한 내적인 성장은 그대로 사라지고 말 것입니다. 창조적으로 생각하고 행동하는 대신에 분노를 선택할 때, 우리는 모든 것을 잃어버리게 됩니다. 분노는 우리가 누구인지 결정할 수 있는 척도가 되기도 합니다.

당신이 분노하도록 만드는 사람, 바로 그 사람이 당신을 정복할 것입니다.

한정된 기대감은 오직 한정된 결과만을 낳는다
커다란 희망이 보다 좋은 결과를 부른다

우리의 생각은 우리의 행동을 결정합니다. 따라서 우리가 모든 일에 부정적으로 생각한다면, 성공의 확률도 그만큼 적어집니다. 또한 우리의 생각과 결정은 삶에 그대로 반영됩니다. 그런데 한 가지 중요한 사실은 우리가 마음 먹기에 따라서 긍정적인 사고를 할 수 있다는 것입니다.

긍정적인 사고는 우리의 삶을 향상시킬 수 있습니다. 물론 우리의 내면에 잠재되어 있는 힘을 충분히 발휘하겠다는 욕구가 있다면 말입니다. 따라서 좋은 말을 하고 긍정적인 생각을 품는 일이 습관으로 자리잡을 수 있도록 해야 합니다.

우리가 개인적으로 갖고 있는 희망은 인생의 진보를

약속하고 있습니다. 한 걸음 앞으로 나아갈 때마다 성공은 더욱 가까이 다가옵니다. 성공할 수 있다는 믿음은 어떠한 곤경도 헤쳐 나갈 수 있는 용기를 불어넣어 줍니다.

그렇게 하기 위해서는 먼저 우리를 괴롭히는 모든 문제에 대해 여유있게 대처할 수 있어야 합니다. 우리는 인생에 대해 낙관할 수 있습니다.

나의 성공은 나의 마음에서 비롯되고 있습니다. 내가 아닌 어느 누구도 나의 행로를 결정할 수 없습니다.

우리의 행동이나 목소리 혹은 사고방식은 모두 모방에
서 비롯되었다
　어린 시절에 그러한 잘못을 바로잡지 않으면
　제2의 천성으로 자리잡게 될 것이다

　어느 누구처럼 행동한다는 것은 무엇을 의미할까요?
몹시 화가 났거나 도저히 용서할 수 없다고 생각할 때, 어
느 누구처럼 행동한다는 것은 발을 밟거나 주차할 공간
을 가로챈 사람들을 너그럽게 용서하는 사람처럼 행동하
는 것을 의미합니다.
　이것을 자꾸만 반복하면, 처음에는 단순한 모방이었던
것이 나중에는 자연스러운 천성으로 굳어지게 됩니다.
어느 누구처럼 행동하는 것은 어려운 처지를 극복할 수
있는 계기가 되기도 합니다. 두통이 없는 것처럼 행동하
면 실제로 두통이 사라지는 경우도 있습니다. 몹시 일에

쫓기지만, 전혀 바쁘지 않은 것처럼 행동하면 실제로 여유가 생길 수도 있습니다.

"얼굴을 찌푸리지 말거라. 자꾸 찌푸리다 보면 얼굴이 그대로 굳어 버린단다."

어린 시절에 우리는 이런 말을 들었던 적이 있습니다. 미소를 지으면 인생이 밝아지고, 표정을 찌푸리면 불쾌한 일만 생기는 것입니다.

다른 사람이 우리를 모방할 수 있도록 행동해야 합니다. 부정적인 것을 모두 버리고 스스로를 도우면서 살아가면, 우리는 빛 속에 서 있을 수 있습니다.

나는 침착한 사람처럼 행동하기 위해 노력합니다. 나중에는 그런 행동이 습관으로 굳어질 것입니다.

우리가 알고 있는 진리는
오직 자신의 가슴속에 묻어 놓을 것이 아니라
많은 사람들에게 나누어주어야 한다

사람들은 때때로 인류가 이룩한 문명이 곧 망하기라도
할 듯이, 문명을 지키는 파수꾼의 감정을 갖곤 합니다. 그
래서 자기들이 없다면 모든 것이 끝이라고 생각합니다.

만약 이런 생각을 하게 된다면, 우리가 신뢰하고 있는
다른 사람의 생각과 서로 비교할 필요가 있습니다. 이 세
상에 대한 우리의 인식을 시험하기 위해 현실을 다시 한
번 검토할 필요가 있기 때문입니다. 나 혼자의 힘으로 진
리를 알게 될 가능성은 거의 없습니다.

진리를 공유하고 있다는 인식은 우리의 영혼을 더욱
풍요로운 것으로 만들 수 있습니다. 대부분의 사람들은
친구들과의 대화를 통해 자신이 알고 있는 진리를 표현

하려고 합니다.

　진리는 힘을 가지고 있습니다. 진리는 나와 다른 사람 사이의 관계에서 비롯되는 하나의 과정입니다. 그 진리를 서로 나누는 과정을 통해 우리는 빛과 영광을 얻게 됩니다.

　진리와 대면하려면 확고한 용기가 필요합니다. 어쩌면 그 진리는 나에게 커다란 충격을 줄 수도 있습니다.

결과가 중요한 것이 아니다
우리에게 가장 중요한 것은 삶의 과정이다

우리는 모두 이 세상으로 초대를 받았습니다. 어쩌면 나를 초대한 사람이 바로 당신일 수도 있습니다. 인생의 초대를 받았다는 그 사실만으로도 우리는 충분히 행복합니다. 어떤 일을 성공적으로 처리했을 때 순간적으로 만족감을 느낄 수 있을지도 모르지만, 그보다 더욱 커다란 만족감을 얻을 수 있는 것은 내가 이 땅에 속해 있다는 사실입니다.

더불어 숨을 쉬면서 살아가는 삶. 하지만 충만한 삶은 우리가 단지 이곳에 존재한다는 것만으로 충분하지 않습니다. 나의 존재 가치를 믿고, 다른 사람들과 사랑을 나누면서 살아갈 수 있어야 합니다.

인생을 소중한 것으로 만드는 사람은 오직 지금 마주

 •

하고 있는 한 순간에 모든 정신을 집중합니다. 이 순간에 정열을 기울이는 사람만이 풍요로운 인생이 주는 선물을 얻을 수 있습니다. 마음과 생각이 여러 갈래로 흩어지게 되면, 이 순간 가장 필요한 것들을 놓치게 되는 것입니다.

나는 지금 이 순간, 다른 사람들에게 애정의 시선을 던질 수 있습니다. 근사한 인생이 나를 기다리고 있을 것입니다.

구원의 길은 그 어디에도 없다
오직 자기 자신의 마음에 이르는 길뿐이다
그곳에 신이 있고 평화가 있다

　작지만 소중한 것, 인생은 아주 작은 조각들과 아주 작은 기회들로 가득 차 있습니다. 정원에 피어 있는 한 송이 풀꽃이나 해변의 조개껍질, 조약돌, 잠시 동안 양로원을 방문하는 일, 친절한 행동, 진실한 우정이나 사랑, 한 줄의 시. 그런 모든 것들을 우리는 일상 속에서 흔히 발견할 수 있습니다. 하지만 이렇게 작은 것들이 모여서 인생을 더 가치있게 만들고 보다 풍요롭게 가꾸는 것입니다.

　길가에 피어 있는 풀꽃의 향기를 맡아 보고 그 사실을 잊어버리지 않는 사람들은 '작은 것'을 소중히 가꾸는 방법을 알고 있습니다. 내가 베푸는 작은 친절이 다른 사람에게는 깊고 소중한 것으로 보일 수도 있습니다.

 ・・・・・・・・・・・・・

작은 사랑을 실천하는 것은 그렇게 어려운 일이 아닙니다. 지금 당장 시작할 수도 있습니다. 작은 사랑이 모여서 이 세상을 가득 채울 때, 우리는 작은 것의 소중함을 깨닫게 될 것입니다. 작은 나, 작은 사랑이 모여서 아름다운 세상을 만들어 나갑니다.

지금은 내가 소중하게 여기고 함께 나누어야할 시간입니다. 내가 작은 사랑을 베풀 때 그것은 두 배가 됩니다.

공포는 친구가 되어야 할 사람을 적으로 만든다

한 사람을 사랑하게 되는 것은 우연이 아닙니다. 어쩌면 우리는 이 세상에 태어나기 훨씬 전부터 한 사람을 사랑하도록 이미 예정되어 있었는지도 모릅니다. 서로 나누는 삶은 우리의 인생에 커다란 의미를 부여하게 됩니다.

다른 사람의 따스한 미소와 부드러운 눈길을 바라보지 않고 마음의 감옥 속에 나를 가둔다면, 우리의 인생은 삭막하고 차가운 것으로 변할 것입니다. 하지만 우리는 귀중한 삶을 황무지로 만들 수는 없습니다.

다른 사람에 대한 두려움은 대부분 자신이 가지고 있는 결점에서 비롯됩니다. 증오보다는 사랑의 힘이 더욱 크다는 사실을 우리는 이미 알고 있습니다. 증오는 다른 사람들의 성장을 억압할 뿐만 아니라 나의 성장도 방해합니다.

'내'가 '너'보다 더욱 현명하고 더욱 유능하고 더욱 아름답다는 생각은 단단한 벽을 만들게 됩니다. 그런 생각을 하는 순간, 우리가 다른 사람과 함께 살아가면서 얻을 수 있는 기회는 멀리 사라지고 맙니다.

삶의 주변에서 서성거리는 사람들은 지금 이곳에 우연히 있는 것이 아닙니다. 나는 마음을 열고 기꺼이 그들을 맞이할 것입니다.

두 걸음으로 위태로운 절벽을 건너갈 수는 없다
기회는 오직 한 번이다
단번에 절벽을 건너갈 수 없다면
짙은 어둠이 입을 벌린 채 기다리고 있을 것이다

어린아이들은 두 눈을 감으면 다른 사람들이 자신의 모습을 볼 수 없을 거라고 생각합니다. 때때로 어른들도 마치 어린아이들처럼 그런 마법을 믿고 싶어합니다.

절벽을 건너가려면 단번에 훌쩍 뛰어넘어야 합니다. 하지만 우리는 두 걸음으로 좀 더 편안하게 건너갈 수 있다고 생각합니다.

가장 중요한 것은 절벽을 건너서 다른 곳으로 넘어가는 것입니다. 우리가 그저 마법의 정원에서 서성거리고 있다면, 그것은 항상 제자리 걸음일 수밖에 없습니다.

아무리 어려운 문제라고 해도 그 문제 속에는 이미 해

결책이 깃들여 있습니다. 만약 해결책이 보이지 않는다면, 우리가 아직 절벽을 건너가지 못한 것입니다. 우리의 힘을 아무런 소용도 없는 곳에 허비하기보다는 지금 우리에게 걸맞은 문제로 관심의 방향을 돌려야 합니다.

나는 그저 무엇인가를 희망하는 것만으로는 아무것도 이룰 수 없다는 사실을 잘 알고 있습니다. 하지만 신념 속에서 진행하는 일은 무엇이든지 이룩할 수 있습니다.

우울증에 빠지는 것으로 걱정을 해결할 수는 없다
난관을 극복하려면 행동을 해야 한다
인생은 바이올린을 연주하는 것과 같다
연주를 하면서 악기를 익히게 되는 것이다

우리는 세상을 살아가는 동안 많은 일들을 경험하게 됩니다. 즐겁고 행복한 추억도 있지만, 안타까운 일과 걱정도 생깁니다. 우리는 걱정을 해결하기 위해 책임감을 가지고 행동해야 합니다. 마치 악기를 연주하는 것처럼, 그 특성에 잘 어울리는 방향으로 처리해야 하는 것입니다.

이런 문제는 이렇게 해결하고 저런 문제는 저렇게 해결하면서, 점차 걱정의 무게를 덜어갈 수 있습니다. 때로는 그 문제가 복잡하게 서로 뒤엉킬 수도 있지만, 마음을 가다듬고 적극적으로 행동하면 해결의 실마리가 보이게 됩니다. 어려운 상황과 대면했을 때, 내면의 소리에 귀를 기울이면 항상 올바른 대답을 찾을 수 있습니다.

지금 우리에게 가장 필요한 것은 용기입니다. 하지만 용기가 없어서 행동하기를 망설인다면 근심은 더욱 커질 것입니다. 막다른 골목에 다다랐다는 생각에 빠지면, 미래가 더욱 어두운 모습으로 보이게 됩니다.

어려운 상황에서 벗어나기 위해 노력하는 동안 우리는 인생의 비밀을 깨닫게 될 것입니다. 그 비밀은 우리의 삶이 아주 쉽고 행복하다는 사실입니다.

나의 행동은 나의 생각을 보여주는 거울입니다. 나의 도움이 필요했던 사람들은 그 행동에 감사할 것입니다.

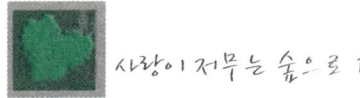

만약 당신이 가지고 있는 유일한 연장이 망치라면
모든 문제를 못으로만 보려고 할 것이다
산다는 것, 그것은 자기 운명의 발견이다

우리의 문제를 더 넓은 안목으로 바라보게 되면, 가끔
씩 틀린 방법으로 문제에 접근했다는 사실을 알 수 있습
니다. 어떤 문제가 생겼을 때, 그로부터 일정한 거리를 유
지하는 일은 매우 중요합니다. 우리가 할 수 있는 최선의
방법은 한 걸음 뒤로 물러나서 객관적인 시각으로 바라
보는 것입니다. 새로운 태도로 대한다면 그 문제가 저절
로 해결될 수도 있습니다.

"지금이 아니라면 도저히 해결할 수 없어."

만약 이런 생각을 하고 있다면, 문제에 대해 올바르게
이해하는 것은 거의 불가능합니다. 먼저 균형이 잡힌 시
각을 유지하기 위해 노력하면서, 현실의 모습을 평가해

 ·

야 하는 것입니다.

"그래, 나중에 다시 하면 될 거야. 서두를 필요는 없어."

조금만 더 참고 스스로에게 이런 말을 할 수 있다면, 우리는 인생의 승리자가 될 수 있습니다. 위기의식에 사로잡힌 생각은 망치와 같은 구실밖에 할 수가 없습니다. 모조리 두들겨 부수는 것입니다.

우리는 거대한 건축물의 아주 작은 일부분입니다. 하지만 너무나 중요하기 때문에, 우리가 없다면 건축물은 그대로 허물어지게 됩니다.

유능한 일꾼이 되기 위하여, 나는 그 일에 가장 적합한 연장을 구할 것입니다.

눈이란 무엇인가?
그것은 색유리처럼 아름다운 것이다
왜냐하면 눈은 생각이 스치며 지나가는 길목이고
마음의 창문이며 사랑과 미학, 진실 그리고 재치가 항
상 자리잡고 있기 때문이다

다른 사람의 눈에 우리가 어떤 모습으로 보일 것인가
하는 생각은 일종의 강박관념이 될 수도 있습니다. 내가
나를 바라보는 것처럼, 다른 사람들도 그렇게 나를 볼 수
있을까? 나는 좋은 평가를 받고 있을까? 혹시 나쁘다는
인상을 심어 주었다면? 그들은 진정한 나의 모습을 발견
할 수 있을까? 그들의 눈은 마음을 볼 수 있는 투명한 창
문일까?

우리는 결코 다른 사람들의 삶에 대해 정확하게 알 수
가 없습니다. 하지만 그것이 나의 삶과 근본적으로 다르

지 않다는 사실은 충분히 짐작할 수 있습니다. 인생에 대한 우리의 생각은 서로 비슷한 점이 아주 많습니다. 다른 사람들도 역시 우리와 마찬가지로 유혹과 싸울 수밖에 없기 때문입니다.

나의 가치를 스스로 확신하게 되면, 다른 사람이 나에 대해 어떻게 생각한다고 해도 아무런 상관이 없습니다. 우리는 사랑하는 사람으로부터 존경받기를 원하고, 그들을 인생의 동반자로 받아들이기 위해 노력합니다.

하지만 우리가 진정으로 관심을 기울여야 하는 것은 내면의 성숙입니다. 정신적인 성장에 따라 우리는 이 세상의 중심에 '나'를 세울 수 있는 것입니다.

인생의 비극은 목표를 달성하지 못하기 때문에 생기는 것이 아니라, 달성할 목표가 없기 때문에 탄생하는 것입니다.

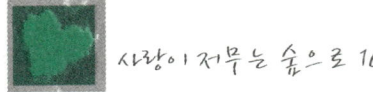

희망은 모든 것이 달라지도록 만든다
삶이란 두 개의 영원 사이에 놓여 있는
순간적인 빛이다

    사물을 바라볼 때, 외면적인 형태보다는 내면의 모습을 이해할 수 있어야 합니다. 이 세상에는 분명히 실패할 위험이 아주 많은 모험이 있습니다. 그것은 다른 사람을 위해 시작하는 모험입니다.

    경험이 풍부한 개 조련사라면 혈통이 좋은 강아지의 성질을 정확하게 파악할 수 있겠지만, 어린아이의 미래는 전혀 그렇지 않습니다. 서로에게 무엇인가 특별한 것을 원하는 관계는 얼마 있지 않아서 싸움과 실망으로 끝나기 마련입니다.

    하지만 그 어떤 경우에도 나에게 도움을 줄 수 있는 사람이 있습니다. 그것은 바로 나 자신입니다. 우리는 항상 자신의 도움을 필요로 합니다. 그리고 이것은 정당한 것입니다. 나를 돕기 위해 기울이는 정성으로 인해 흘러 넘칠 정도의 선물을 받게 됩니다. 그런 정성은 하나도 헛된 것이 없습니다. 이 사실을 깊이 인식할수록 우리는 더 많은 것을 알게 됩니다.

우리의 인생에서 진정으로 중요한 것은 '있는 그대로'의 모습입니다. 지금 이 순간 우리는 일과 유희, 사회적인 관계, 깊은 우정, 정신적인 성장을 위해 모든 것을 투자할 수 있습니다. 우리는 최선의 노력을 기울이면서 거미줄처럼 촘촘하게 인생을 설계해야 합니다.

나의 행동을 개선하려는 노력은 결코 헛된 것이 아닙니다.

사랑하는 사람의 성장에 도움을 주는 행동이
나의 정신적인 성장에 악영향을 미친다고 해도
순수한 사랑의 가장 커다란 특징은 나 자신을 희생하
는 것이므로 그것을 참고 견디는 지순함이 필요하다

우리는 사랑을 원합니다. 그 사랑은 크고 깊고 자유로
운 것입니다. 사랑은 자유입니다. 사랑하는 사람이 떠날
때, 그 사람이 편안하게 떠날 수 있도록 자유로운 사랑을
해야 합니다. 정직한 사랑의 증거는 다른 사람의 발전을
진정으로 격려하고 도움을 주는 일입니다.

인생에서 가장 소중한 선물은 사랑입니다. 그 사랑을
지킬 수 있는 것은 마음의 여유입니다. 여유가 없다면, 우
리는 모든 일에 쫓기면서 사랑할 시간마저도 상실하게
됩니다. 어쩌면 사랑은 우리가 살아가는 이유가 아닐까
요?

 . . . .

우리는 가끔씩 자신의 발전을 너무 가볍게 생각하고, 되도록 다른 사람들과 비슷해지고 싶어합니다. 그러나 그것은 우리에게 진정한 사랑을 불가능하게 만들고, 우리의 지속적인 성장을 방해하기도 합니다. 우리의 개성을 탐구하는 노력을 보이지 않는 한, 우리는 부여받은 재능을 발견할 수도 키워나갈 수도 없는 것입니다.

사랑하는 사람에게 도움을 주면, 우리의 영혼도 더욱 성숙하게 됩니다. 우리는 사랑을 통해 세상의 중심으로 다가설 수 있는 것입니다.

만약 내가 누군가의 발전에 도움을 준다면, 나의 영적인 중심도 더욱 힘을 얻게 될 것입니다.

행복이란 인생의 목적이고 의미이며
최고의 목표라고 할 수 있다
작은 친절, 한 마디 사랑의 말은 지상을 천국처럼 행복
하게 만들 것이다

우리는 친구와의 만남이나 연인과의 사랑을 통해 행복
을 찾을 수 있습니다. 만약 우리가 우정과 사랑을 원하기
만 한다면 말입니다. 그리고 행복을 찾기 위해 주위를 둘
러본다면, 학교나 직장에서도 얼마든지 구할 수 있습니다.

행복은 고독할 때에도 찾아오고, 많은 친구들과 어울
릴 때에도 찾아옵니다. 행복은 항상 우리의 뒤를 따라다
니고 있는 것입니다. 내가 있는 곳에는 언제나 행복이 존
재하고 있습니다.

행복은 전염성이 아주 강합니다. 만약 우리가 다른 친
구에게 행복을 나누어주면, 그것은 순식간에 널리 퍼지

게 됩니다.

때때로 행복은 아주 커다란 힘을 발휘합니다. 이 세상은 우리가 해야 할 일이 너무나 많은 곳입니다. 사랑하는 사람의 짐을 덜어주고, 행복도 서로 나누어야 합니다. 한 송이의 장미가 다시 수많은 장미 화원으로 무성하게 변하는 것처럼, 사랑도 이 세상의 풀밭에 뿌리를 내릴 것입니다.

행복은 구하는 사람에게만 찾아오는 여신입니다.

미소를 지으면 아무리 어려운 일도 쉽게 해결할 수 있습니다. 일부러 선택한 경우가 아니라면, 나는 결코 홀로 곤경에 처하지 않습니다. 만약 웃으며 살아간다면, 오늘은 더욱 평화롭고 즐거운 날이 될 것입니다.

괴로운 일과 마주치게 되면
먼저 그 원인이 무엇인가에 대해 생각해야 한다
어리석음이나 질투, 좌절이 그 원인이었을 것이다

외부로 드러나는 우리의 행동은 항상 자신의 정서를 표현합니다. 즐거운 일이 있거나 힘든 일이 있을 때, 우리는 그런 감정을 행동으로 표현하게 됩니다. 모든 정성을 기울이면서 다른 사람을 대하는 것이 좋습니다. 얼마 후에 그 정성은 다시 우리에게 돌아올 것입니다.

만약 다른 사람이 우리를 무시하는 태도를 보인다면, 그것은 그들 자신의 진정한 모습을 비추고 있는 것입니다. 누군가를 무시하거나 비난하는 것은 사랑이 부족하기 때문입니다.

나를 사랑할 수 없는 사람은 그 누구도 사랑할 수 없습니다. 그 누구에게 사랑을 베풀기 전에, 먼저 자기 자신을 사랑하는 것이 필요합니다. 그저 이 세상에 존재한다는 사실만으로는 그 가치를 인정받을 수 없습니다. 우리의 삶이 의미를 갖는다는 사실을 이해한다면, 나를 사랑하는 일이 훨씬 수월해질 것입니다. 나를 사랑할 수 있는 능력은 대단히 소중합니다.

오늘은 나를 사랑하기 위해 노력해야 하는 하루입니다.

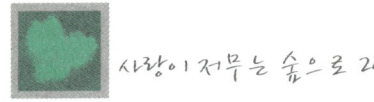

어느 누구도 당신의 허락 없이는 당신에게 열등감을
줄 수가 없다
만약 당신이 열등감을 느끼는 사람이 있다면
그의 우월감은 바로 당신이 만든 것이다

거울을 보면서 나 자신과 대화를 나누는 것은 몹시 필
요한 일입니다. 우리는 건강한 자기 발전을 이룩할 수도
있고, 절망의 늪에 빠질 수도 있습니다. 우리가 얼마나 자
신을 믿을 수 있는가에 따라, 어려운 시기를 맞이하게 되
었을 때 슬기롭게 극복할 수도 있고, 그대로 쓰러질 수도
있습니다.

우리는 모두 자아에 대한 믿음과 인생에 대한 지혜를
얻기 위해 노력합니다. 이 두 가지를 포기해야 할 이유는
없습니다. 왜냐하면 우리는 그 모든 것을 가질 권리가 있
기 때문입니다.

하지만 우리는 믿음과 지혜를 스스로에게 요구해야만 얻을 수 있다는 사실을 잘 모르고 있습니다. 그 대신에 엉뚱하게도 우리의 능력을 의심하고, 자신의 가치에 대해 회의하는 일에 몰두합니다. 우리의 힘과 가능성은 자신의 가치를 스스로 평가하는 것과 비례하게 됩니다.

성공은 우리의 능력에 대한 믿음을 전제로 합니다. 믿음이 있다면, 성공은 바로 우리의 손에 달려 있는 것입니다. 나를 상대로 끊임없는 대화를 나눌 때, 그 속에서 우리는 무한한 가능성을 개척할 수 있습니다.

나는 내가 한 말을 항상 의식하면서 살아갈 것입니다. 또한 이 세상에서 얻게 되는 귀중한 경험을 그대로 나의 사색에 반영할 수 있습니다.

진리 이외의 다른 모든 것은 너무 위험하고
사랑 이외의 다른 모든 것은 너무 작다

　사랑은 서로를 아끼고 소중하게 여기는 만큼의 생명력
이 있습니다. 우리는 항상 주는 것에 비례해서 받게 됩니
다. 바꾸어 말하자면 사랑의 크기는 우리가 얼마나 책임
감 있게 행동하는가에 따라 결정된다는 것입니다. 마음
을 솔직하게 열고 애정을 기울이면, 사랑도 더 깊어질 것
입니다.

　마음과 정성을 다한 사랑은 몇 배의 보답을 받게 됩니
다. 이것은 우리 삶의 영역 어디에서나 확인된 사실입니
다. 사랑은 우리가 그 속으로 안고 들어가는 빛만큼의 아
름다움을 발하는 것입니다.

　아름답게 채색된 인연은 그 사랑을 만들기 위해 두 사
람 모두 열심히 노력했기 때문입니다. 하지만 서로에 대

해 비난을 일삼고 절망하게 된다면, 우리는 회의에 빠질 수밖에 없습니다.

사랑은 뿌린 만큼 결실을 거두는 것이고, 정성스러운 노력을 통해 그 대가를 얻는 것입니다. 연인을 진정으로 사랑하는 사람보다 더 행복한 사람은 아무도 없습니다.

나는 깊은 의미가 있는 인간관계를 위해 얼마나 많은 것을 주고 있을까요? 그것은 내가 주는 만큼의 대가를 돌려줄 것입니다. 오늘은 내가 더욱 많은 것을 베풀 수 있는 기회를 제공해 줍니다.

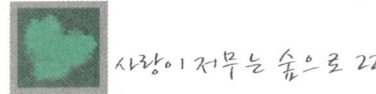

나는 나를 위한 모든 것입니다
혼자의 힘으로 이 세상과 싸워 나가야 합니다

삶은 우리에게 새로운 상상력을 가지고 능동적으로 살아가도록 요구합니다. 우리에게 필요한 것은 이 세상을 변화시킬 수 있는 상상력입니다. 얻고자 하는 것은 이미 우리의 손 위에 놓여 있습니다. 다만 새롭게 발견되어서 사용되기를 기다리고 있는 것입니다.

우리의 힘으로 해결이 불가능한 상황은 결코 없습니다. 모든 어려움은 반드시 해결할 수 있다는 긍정적인 사고를 할 때, 그 실마리를 찾게 됩니다. 이러한 사실을 알고 있다면 어려운 상황을 극복하는 일에 도움이 될 것입니다.

인생이란 우리의 목적을 달성하기 위해 필요한 것들을 선택하는 과정입니다. 그리고 올바른 선택을 할 수 있는 능력이 우리 모두에게 깃들여 있습니다. 손을 내밀어서 우리가 원하는 것을 가볍게 들어올리면 됩니다.

이끌리는 삶이 아니라 이끄는 삶, 그런 삶이 우리의 인생을 더욱 가치있게 만들고 있습니다.

세상은 나에게 수많은 도전과 선택을 약속하고 있습니다. 나는 이 모든 가능성들을 성공적으로 실현할 수 있을 것입니다.

우리는 인내할 수 있어야 한다
만약 인내가 없다면
수천 년 동안 이룩한 귀중한 유산들을 단지 한 시간 내
에 파괴할 수도 있다

시간을 효율적으로 관리할 수 있다면, 우리는 인생을
풍요롭게 살아갈 수 있습니다. 모든 일에 세심한 주의를
기울이며 살아간다면, 정신적인 성장을 거듭할 수 있습
니다. 하지만 주의력이 산만해서 여기저기에 정신이 팔
린다면, 실망과 실수가 뒤따를 것입니다.

고난의 시기를 거치면서 우리는 인내심을 키우게 됩니
다. 결과에 대한 신념이 뒤따를 때, 우리는 더욱 커다란
인내심을 발휘할 수 있습니다. 지금은 비록 힘들지만 인
생의 행로를 따라 올바르게 걸어가고 있으며 고난과 역
경이 나중에는 자기 발전에 반드시 필요한 것이었다는

사실을 깨닫게 될 것입니다.

인내심은 다른 사람을 돌아보게 하고, 그 순간에 주어진 선물에 대해 감사할 수 있도록 나의 발걸음을 잡아당깁니다. 인내심은 목표를 가지고 앞으로 전진할 수 있는 힘을 약속하고 있습니다. 미래의 열매는 나의 인내심에 달려 있는 것입니다.

우리는 나이를 먹어감에 따라 새로운 친구들을 사귀지 않으면 곧 외로움을 느끼게 됩니다. 우리는 꾸준히 우정을 일구어 나아만 합니다.

사랑이 저무는 숲으로 24

인간은 생각하기 위해 살아가고 있다
그러므로 인간은 잠시도 생각하지 않으면 존재할 수
없다

삶은 한마디로 정의할 수 없습니다. 그리고 몹시 다양
합니다. 다른 사람들의 시선을 의식하며 살아간다면, 감
히 나 자신의 삶을 살고 있다고 말할 수 없습니다. 가장
중요한 것은 나의 삶입니다. 나의 신념에 따라 살아가기
위해 노력해야 하는 것입니다.

우리가 좌절을 경험하거나, 꿈꾸던 일을 시도조차 하
지 못했던 것은 확신이 부족했기 때문입니다. 다른 사람
들을 이해하고 알기 위해 노력하는 것은 끊임없는 고통
을 수반하는 일입니다. 그러나 그러한 나날들이 지나가
고 나면, 우리는 하나의 공동체를 형성하게 됩니다.

가끔씩 서로에 대한 믿음이 흔들리기도 하지만, 우리

는 각자가 사랑스러운 존재라는 사실을 깨달을 수 있습니다. 우리가 어느 누군가의 후원자가 될 수 있다는 것은 무척이나 고맙고 행복한 일입니다.

우리는 사랑하는 사람들의 어려움을 이해하고 보살피는 방법을 아는 존재입니다. 열악한 조건 속에 있는 사람들에게 힘이 될 수 있기를 원합니다.

다른 사람들이 나를 필요로 한다면 나는 기꺼이 그들과 함께 할 것입니다.

사람의 얼굴은 하나의 풍경이다
한 권의 책이다
얼굴은 결코 거짓말을 하지 않는다

　우리는 순수하게 태어나지만, 얼마 있지 않아서 타락의 순간을 맞이하게 됩니다. 성장을 위한 과정에서 우리는 좌절을 맛볼 수밖에 없습니다. 보다 강해지고 보다 부유하고 보다 성공하려는 행동들이 곧 타락의 시초가 되는 것입니다. 타락의 기로는 항상 우리를 유혹하고 있습니다. 타락은 우리가 행복을 추구할 때, 행복으로부터 우리를 멀어지도록 만듭니다.

　아름답고 지혜로운 나. 좋은 가정과 좋은 직장에 다니고 있는 나. 어느 누구도 나의 권위에 도전할 수 없어. 이런 식의 만족감에 빠져 있을 때, 타락이 시작됩니다.

　타락은 우리의 성장을 가로막습니다. 우리는 자신의

삶을 충실하게 추구하면서도, 다른 사람들의 삶도 역시 귀중하다는 사실을 인정해야 합니다. 그런 과정을 거치면서 우리는 서로가 서로를 가르치고, 또한 배우는 것입니다.

더불어 살아가는 삶은 나와 다른 사람들이 모두 '우리'라는 사실을 깨닫게 만듭니다. 우리는 차이와 차별에 대한 개념적인 차이를 잘 이해하고 있어야 합니다. 서로의 차이를 인정하고 다양한 삶을 존중하기 위해 노력할 것입니다.

나는 서로가 독특하고 특별한 재능을 가지고 있다는 사실을 알고 있습니다. 나의 마음 속에는 항상 기쁨이 충만할 것입니다.

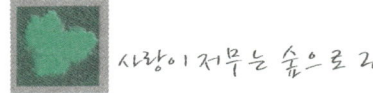

친구란 멜론과 같은 것이다
그것은 맛있는 것을 찾기 위하여
백 개나 먹어 보아야 하기 때문이다

진정한 자아를 인식한다는 것은 내가 친구와 자식과 부모와 어릴 적 친구들로부터 독립된 존재라는 사실을 깨닫는 일입니다. 이것은 곧 우리가 자신의 시간을 어떻게 보내야 하는지를 알게 되는 과정입니다.

어떤 책을 좋아하고 어떤 취미를 가지고 있으며 좋아하는 음식을 스스로 선택하는 것은 자기의 방향성을 찾아가는 일입니다. 이것은 하루의 일정을 스스로 세우고 실행하며, 자신의 행위에 책임을 지는 것이기도 합니다.

독립적이라는 것은 다른 사람이 필요하다는 사실을 무시하는 것이 아닙니다. 서로가 함께 살아가는 방법을 모색하는 것입니다. 우리는 이 세상의 모든 문제들을 공정하게 나누어 부담할 수 있습니다. 다른 사람에게 의존한다는 것은 그의 책임성에 의존한다는 의미입니다. 하지만 그런 경우라고 해도 우리의 독립성을 무시하거나 침해하는 경우는 있을 수 없습니다.

우리는 언제 어디에서나 다른 사람에게 의존하면서 살아갑니다. 그리고 한 가지 잊어버리면 안 되는 것은 우리 역시 다른 사람이 의존할 수 있는 어깨를 빌려준다는 것입니다. 올바른 의존은 개인의 자립심을 더욱 풍부하게 만드는 일입니다.

나 자신에 대한 인식은 스스로에게 다양한 선택 기회를 제공하고, 날마다 많은 가능성을 제시합니다.

인생은 수양의 연속이다
만약 우리가 배우고자 힘쓴다면
우리는 서로에게 좋은 스승과 제자가 될 수 있다

학교에서 수업을 하는 학생들은 모든 준비를 한 후에 선생님을 맞이합니다. 하지만 인생의 학습은 우리가 전혀 예상하지 못했던 순간에 찾아옵니다. 결국 우리에게 다가오는 삶의 교훈은 신의 섭리와도 같은 것입니다.

우리는 몸과 마음이 점차 성장함에 따라 더 나은 학습 과정에 의해 지도받게 됩니다. 그러나 그것을 받아들일 자세가 갖추어져 있지 않을 때, 선생님은 성실하지 못한 모습으로 우리 앞에 나타나게 될 것입니다.

인생은 항해입니다. 배를 타고 바다를 향해 닻을 올리는 것입니다. 순풍이 불어오면 안전하게 항해할 수 있지만, 때로는 사나운 폭풍우가 몰아칠 수도 있습니다.

항해가 순조롭고 모든 일이 잘 풀리며 아무런 고통도 느낄 수 없을 때, 평화로운 시간을 즐길 수 있습니다. 하지만 이러한 시간 속에서도 나름대로의 의미가 존재한다는 사실을 명심해야 합니다. 시간의 교훈은 더욱 강도 높은 교훈으로 우리를 대할 것입니다.

배움은 모든 것을 더욱 잘 이해하기 위한 과정입니다. 우리는 배움을 통해 인생의 기초를 터득할 필요가 있습니다. 모든 것이 잘 진행되었을 때, 인생은 비로소 우리에게 다음 단계를 가르쳐 주는 것입니다.

나는 시간의 교훈에 감사하면서 모든 것에 만족합니다.

사랑이 저무는 숲으로 28

살아가는 것은 하루하루 거듭나는 것이다
아침 해가 떠오를 때마다
우리는 새롭게 인생을 살아가고 있다

우리는 삶을 살아가면서 많은 결심을 합니다. 그것은
보다 적극적으로 인생의 장(章)을 대하겠다는 의지의 표
현입니다. 그리고 날마다 우리는 새로운 결심을 하게 됩
니다. 친구를 만나거나 일을 계획하고 모임을 가지면서,
삶의 계획을 새로이 하는 것입니다.

우리는 날마다 다시 태어나고 있습니다. 몸을 잔뜩 웅
크린 채 아무런 활동도 하지 않는다면, 그것은 살아 있다
고 말할 수 없을 것입니다. 하지만 지금 이 순간부터 우리
는 새로운 날을 시작하면서 서로를 지켜주고 사랑할 것
입니다. 우리는 살아 있으며, 삶에는 행위가 수반됩니다.

생존은 우리가 살아나가기 위한 투쟁을 계속적으로 수

행할 때만이 가능합니다. 때로는 도중에 기권하고 싶을 때가 있습니다. 그러나 우리는 스스로의 길을 선택할 권리가 있으며, 혼자보다는 힘을 모을 때 더 쉽게 목표를 이룰 수 있다는 사실을 알고 있습니다.

나는 여전히 이 세상에서 살아가고 있으며, 그 사실을 기뻐합니다.

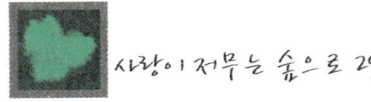

정신분석이 내면의 갈등을 해소하기 위한 유일한 방법
은 아니다
삶 그 자체는 여전히 효과적인 치료방법을
우리에게 제공하고 있는 것이다

사랑을 나누는 연인과의 대화를 통해 얻어지는 교훈은
고통스러운 상황에서 벗어나는 일에 커다란 효과가 있습
니다. 아름다운 밀어는 사랑을 더욱 빛나는 것으로 만들
수 있습니다. 인생에는 밀물과 썰물의 시기가 존재합니
다. 빛이 있으면 그림자가 있고, 고통과 즐거움도 뒤따릅
니다. 우리는 고통이 있기 때문에 즐겁고 편안한 시간을
누릴 수 있다는 사실을 자주 망각하곤 합니다.

갈등은 우리의 인생에서 특별한 교훈입니다. 우리는
성장하고 변화하는 과정 속에서 갈등을 받아들이고 극복
하며, 그 가치를 깨달아 나가는 것입니다.

갈등이 없는 인생은 존재하지 않습니다. 갈등을 통해 얻게 된 교훈들은 우리가 더욱 성숙하도록 만들 것입니다. 그리고 우리는 갈등 속에 깃들여 있는 기쁨을 경험할 수 있습니다.

사랑은 서로를 치유할 수 있는 능력이 있습니다. 우리가 원할 때마다 모든 난관의 해결책을 제시하는 위대한 힘이 존재한다는 사실을 깨달아야 합니다.

누군가를 온전히 사랑하려면 먼저 자기 자신부터 사랑할 수 있어야 합니다. 나를 사랑할 수 없다면, 그래서 내 영혼의 우물에 사랑이 고이지 않았다면 시원한 샘물을 길어 올릴 수가 없습니다.

사랑은 나를 던진다고 해서 줄어들지 않습니다. 오히려 더욱 멀리까지 흘러갈 수 있습니다.

모든 사건과 경험은 서로 연결되어 있습니다. 다른 사람들과 함께 나아가는 길이 나를 더욱 밝은 내일로 인도할 것입니다.

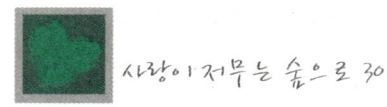

인생의 승리자가 되기 위해
가장 중요한 것은 나 자신을 아는 일이다

우리는 인생에 대한 도전자입니다. 그 도전에서 승리를 거두려면, 내가 지금 어느 지점에 서 있는지 정확하게 아는 것이 중요합니다. 우리가 승리를 향한 여러 단계들을 거칠 수 있다는 것은 대단한 행운입니다.

우리가 자아에 대한 인식을 확립하는 것보다 먼저 선행되어야 할 것은 우리의 노력입니다. 또한 그 과정은 그렇게 쉽지만은 않습니다. 우리는 인생의 빚을 짊어지고 있습니다. 어쩌면 그 빚은 우리의 자산보다 더욱 두드러지게 보일 수도 있습니다.

자기 인식은 빚과 자산을 올바르게 인식하는 것입니다. 운동선수나 아내, 연인, 선생님, 비서 혹은 변호사로서 승리자가 된다는 것은 자산을 더욱 늘리고 빚을 줄이는 것이며, 양자를 모두 인정하는 것입니다.

나 자신을 정확하게 알고 다른 사람들로 하여금 자신의 존재를 알도록 도와주는 것은 우리의 자산을 늘릴 기회를 제공합니다. 우리의 자산이 증가하는 것을 느끼는 일은 매우 기분 좋은 일입니다. 또한 우리의 빚이 줄어드는 것을 느끼는 것도 역시 유쾌한 일입니다.

나는 가능성을 발견하고 그 가능성을 마음껏 활용하면서, 더욱 많은 자산을 쌓아갈 것입니다.

지나치게 순응적으로 살아갈 수는 없다
용기를 가지고 도전해야 한다
우리를 둘러싸고 있는 환경에 대해 두려움을 느낄 필
요도 없다
자아를 표현하려는 내면의 움직임을 존중해야 한다

성장을 희망하고 친구들의 세계 속에 나의 자리를 만
들기 위해 노력하며 다른 사람들의 삶 속에 내가 포함되
어 있다는 사실을 알려고 하는 욕망은 우리에게 반드시
필요한 부분입니다. 앞으로 전진하기 위해 걸어가고 과
거의 문제에 대해 새로운 접근을 시도하며 더 나은 기술
을 배우려고 하는 것은 용기가 있다는 사실을 보여주는
것입니다.

미지의 땅으로 여행하는 일에는 많은 위험이 도사리고
있습니다. 하지만 내면의 인도에 따를 때, 그 길은 우리를

결코 혼란에 빠뜨리지 않을 것입니다.

우리는 수많은 특별한 재능을 가지고 있습니다. 그러나 지난 세월 동안 우리는 두려움 속에서 그 재능을 제대로 드러내지 못했습니다. 하지만 다행하게도 그 재능은 우리를 내버려 두지 않습니다.

우리는 어느 누구나 지금의 상태보다는 더 나은 자아를 추구하려는 본능이 있습니다. 두려움도 여전히 존재할 것입니다. 하지만 다정한 친구들의 도움을 얻으면서 그것들을 극복해 나갈 수 있습니다.

우리는 귀중한 존재입니다. 존재, 그 자체에 의미가 담겨 있는 것입니다.

성장하고 변화하며 이 세상에 영향을 미치려는 욕망은 우리를 감싸고 있는 신의 뜻입니다.

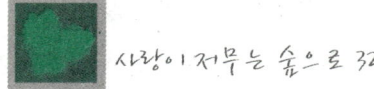

세상에서 가장 중요한 것은
우리가 어디에 존재하는가 하는 것보다는
우리가 어느 방향을 향해 나아가고 있는가 하는 점이
다

나는 이 세상을 만들어 가고 있습니다. 모든 것을 창조하고 있는 것입니다. 나는 항상 인생의 여정을 걸어가고 있으며, 이 세상에 커다란 영향력을 행사합니다. 나의 모든 행동은 커다란 의미를 가지고 있습니다.

지금 걸어가고 있는 방향에 대해 나는 그 책임을 질 수 있어야 합니다. 원하는 목표를 향해 걸어가지 않으면, 그것은 점점 더 멀어지게 될 것입니다. 가끔씩 내가 아무런 쓸모도 없는 사람이라는 생각이 들기도 하지만, 그것은 결코 사실이 아닙니다. 생명이 끝나지 않는 한, 가슴속에 희망을 품고 있는 한 나는 여전히 모든 것의 주인입니다.

 • • • • • • • • • • • • • • •

나는 항상 목표를 달성하기 위해 움직이고 있습니다. 목표를 가지고 있는 것은 구체적인 행동을 하는 일에 영감을 안겨줍니다. 뚜렷한 목표는 체계적인 행동과 지대한 열정을 낳습니다. 만약 아무런 목표도 없이 살아간다면, 인생에 대한 매력을 느낄 수 없을 것입니다. 내가 선택한 방향으로 걸어갈 때, 비로소 진정한 행복을 누릴 수 있습니다.

실현해야 할 꿈이 없다면 미래의 향기를 맡을 수 없습니다. 나의 목표는 그런 꿈을 갖는 것입니다.

나는 한 장소에 머무르지 않습니다. 그리고 나의 행동에 대해 책임을 집니다. 나는 내가 원하는 곳으로 갈 것입니다.

인생을 살다 보면 모든 새로운 단계마다
우울하고 힘든 시기가 다가오기 마련이다
고통의 순간이 지나가면 날개를 얻을 수 있다

매미는 새로운 모습으로 다시 태어나기 위해 허물을
벗습니다. 허물을 벗는 것은 무척 고통스러운 일이지만,
그 대가로 날개를 얻는 것입니다. 매미는 그 날개로 하늘
을 자유롭게 날아갑니다.

허물을 벗는 것은 매미만이 아닙니다. 우리의 영혼도
허물을 벗으면서 성장합니다. 새로운 도약으로 넘어갈
때, 우리도 역시 매미처럼 고통스러운 순간을 경험하는
것입니다.

인생의 새로운 장이나 새로운 단계에는 항상 어려운
난관이 존재합니다. 변화의 중심에 서 있는 우리는 미래
에 대한 불안에 몸을 떨기도 합니다. 하지만 작은 애벌레

가 투명한 날개를 단 매미로 변하는 과정을 한 번 상상한다면, 그런 고난을 충분히 극복할 수 있습니다.

과거의 '나'에서 벗어나는 것은 대단히 소중한 일입니다. 지금 우리는 인생의 새로운 단계를 준비하고 있습니다. 낡은 자아를 버리고 하늘로 비상할 순간입니다.

고통이 항상 성장을 동반하고 있다는 것을 알기에는 많은 시간과 지혜가 필요합니다. 이 고난이 허물을 벗는 과정이라는 사실을 인식하고 있다면, 좀 더 편안하게 고통을 받아들일 수 있을 것입니다.

나의 정신은 나의 육체와 함께 성장과 변화의 열쇠를 가지고 있습니다.

삶은 지혜를 배우는 과정의 연속입니다. 우리는 위기의 순간을 극복하면서, 보다 넓은 지혜의 바다로 들어갈 수 있습니다. 지난날 헤아릴 수조차 없을 정도로 많이 겪었던 고난을 통해 우리는 미래를 향한 도약의 발판을 마련할 수 있었습니다.

미래는 조금씩 현재로 변하고 있습니다.

그렇기 때문에 우리는 항상 미래를 바라보면서 살아가야 합니다.

우리가 하는 일은 미래에 빛을 던지는 것입니다.

어제 혹은 지난해의 일을 교훈으로 삼으면서 내일을 향해 걸어갑니다.

참된 사랑은 두 사람이 서로를 바라보는 것이 아니라, 함께 같은 방향을 바라보는 것입니다. 사랑이란 우리를 행복하게 하기 위해 있는 것이 아닙니다. 사랑은 우리가 고뇌와 인내 속에서 얼마나 강해질 수 있는가를 나 자신에게 보여주기 위해 있는 것입니다. 정열적으로 사랑을 해보지 못한 사람은 인생의 절반, 그것도 아름다운 쪽의 절반을 잃어버리는 것과 같습니다. 때로는 사랑이 힘겹고 견딜 수 없을 정도로 무겁게 느껴지는 시기도 있습니다. 하지만 비가 온 뒤에 땅이 더욱 굳어지는 것처럼, 고통을 극복하고 나면 사랑도 더욱 깊어갈 것입니다. 가장 어려운 시기를 거치면서, 우리는 가장 눈부시게 발전할 수 있습니다. 이것은 자금까지의 경험으로도 쉽게 알 수 있습니다. 사랑도 배움의 과정을 통해 성숙하게 됩니다.

세 개의 달이
뜨는 저녁

역사는 눈 깜짝할 사이에 이루어진다
한 해의 하루하루가 그 역사의 몸을 구성하고 있다
이슬처럼 작은 물방울이 모여서
거대한 바다를 만드는 것이다

역사는 삶의 흔적입니다. 역사의 한 장면을 펼치면, 수많은 사건들이 수면 위로 떠오르는 것을 볼 수 있습니다. 전쟁이나 기아, 반란, 억압, 배반과 같은 참혹한 사건들도 있지만 결혼기념일이나 생일, 입학식, 명절 혹은 추운 겨울이 지나고 다시 꽃이 피어나는 순간처럼 영원히 기억할 만한 일들도 많습니다. 일종의 기념일들이지요.

마음이 우울할 때, 멋진 기념일을 떠올리면 커다란 위안이 됩니다. 달력에 기념일을 표시하는 것은 우울한 기분을 물리치는 좋은 방법이라고 할 수 있습니다. 그리고 존경하는 누군가로부터 반가운 말을 듣거나 한 권의 일

 • • • • • • • • • • • • • • • •

기장을 다 채운 날, 10년 전에 세운 계획이 모두 이루어진 날 등도 축하를 할 만한 기념일이라고 할 수 있습니다.

"지난해의 나와 지금의 나는 얼마나 다른가?"

우리는 달라진 모습을 서로 비교하면서, 정신적인 성장을 지속할 수 있습니다. 시간이 우리를 억압하도록 가만히 내버려 둘 수는 없습니다. 우리는 자신의 역사를 스스로 만들어 나가야 합니다. '나'는 '나'입니다.

나는 항상 사적인 기록을 소중하게 여길 것입니다. 역사도 역시 사적인 일들이 모여서 이루어지기 때문입니다.

마침내 때가 되었다

물처럼 자유롭게 흘러갈 수 있는 것이다

고요하게 머무르는 것은 억압을 받는 상태라고 할 수
있다

흘러간다는 것은 새로운 힘을 받아들인다는 것을 의미
한다

물은 자연의 힘 가운데 가장 강력하다고 할 수 있습니
다. 물은 아무리 강한 충격을 받아도 부러지지 않습니다.
온갖 형태를 다 취할 수 있습니다. 두 갈래의 물이 하나로
모아지는 일에도 아무런 어려움이 없습니다. 일정한 양
이 되면 넘치고, 넘친 물은 도저히 막을 수 없는 힘으로
변합니다. 노아의 홍수처럼 이 땅의 모든 것을 휩쓸어 버
릴 수도 있는 것입니다.

우리는 물의 성질을 수용할 수 있어야 합니다. 물의 힘

을 나의 것으로 만들기 위해 노력한다면, 새로운 목표를 향해 흘러갈 수 있습니다. 물처럼 유연하게 살아간다면, 갈등도 어디론가 사라지게 될 것입니다.

물은 얼마든지 스스로의 모습을 바꿀 수 있습니다. 어떤 모양의 그릇에 담아도 여전히 '물'이라는 특성을 유지합니다. 그 어떤 고난에도 본연의 모습은 변하지 않는 것입니다.

우리가 물을 배우면, 자기 동질성은 결코 잃어버릴 염려가 없을 것입니다. 우리의 자아는 결코 부러지거나 그 자리에 영원히 멈추지 않습니다.

필요할 때마다 물의 힘을 이용할 수만 있다면, 공기의 순수함과 대지의 견고함과 불의 열정을 이용할 수만 있다면, 얼마나 성공적인 삶을 살아갈 수 있을까요.

내가 언제 죽을 것인지 선택할 수는 없다
단지 결정할 수 있는 유일한 것은
어떻게 살고 싶은가 하는 점이다

나 자신의 발전을 위해 결정을 내려야 할 때, 그리고 결정에 대해 책임을 지게 될 때, 우리는 답답하고 무거운 심정이 됩니다. 특히 아직도 처리해야 할 일이 많은 머나먼 장래를 바라볼 때에는 더욱 두렵기만 합니다. 그래서 우리는 두려움에 몸이 굳은 나머지 잘못된 결정을 내리는 경우도 적지 않습니다.

하지만 사실 그런 것은 별다른 문제가 아닙니다. 지금의 현실을 올바르게 살아간다면, 밝은 미래는 저절로 다가오게 됩니다. 우리에게는 많은 가능성이 있습니다. 그 가능성을 최대한 활용한다면, 현실의 무게는 더 이상 무겁지 않을 것입니다.

우리의 희망은 꿈꾸는 일을 성공적으로 처리하는 것입니다. 이러한 삶은 손길이 닿지 않는 먼 곳에 있는 것이 아닙니다. 아주 가까운 장소에서 조용히 숨을 죽이고 있습니다. 그 삶을 맞이하기 위해 문을 열어 놓도록 하십시오.

삶은 우리에게 충실한 생활을 요구합니다. 항상 나 자신에게 떳떳할 수 있다면 그 가능성은 더욱 넓어집니다.

우리는 참으로 다양한 경험을 하게 됩니다. 그런 경험들은 우리에게 좋은 영향을 끼치기 마련입니다. 그런 경험을 어떻게 받아들이고 있는가에 따라서 인생의 질도 달라지게 됩니다.

지금 이 순간에 관심을 기울이면서 충실하게 살아가야 합니다.

자유,

그것은 무엇을 생각하고 어떻게 행동하는 것이 올바른

삶인지 아는 것

그 이상도 이하도 아니다

우리의 생각을 마음대로 표현할 수 있는 자유. 그것은
참으로 소중한 선물입니다. 지난 과거를 되돌아보고 현
재 벌어지고 있는 상황을 바라본다면, 자유는 매우 귀중
한 특권이라는 사실을 알 수 있습니다. 하지만 자유에 대
해 반드시 그 대가를 지불해야 합니다.

우리의 의무는 성실한 태도와 세심한 배려를 통해 사
랑하는 사람들을 대하는 것입니다. 항상 나의 이득보다
먼저 다른 사람의 행복을 생각한다면, 이 세상은 아주 평
화로운 곳으로 변하게 됩니다.

거침없이 흘러나오는 말을 통해 우리는 다른 사람에게

상처를 주기도 합니다. 그러나 미리 생각을 한 다음에 말을 한다면, 충분히 그런 실수를 줄일 수 있습니다.

마음대로 자신의 감정을 선택할 수 있는 사람은 아무도 없습니다. 감정이란 순간적으로 변하고 격렬하게 박동하는 것이기 때문입니다. 도저히 막을 틈도 없이 분노가 우리를 휩쓸기도 합니다.

하지만 말이나 행동은 우리의 의지에 따라 결정할 수 있습니다. 우리는 언제든지 침묵할 수 있습니다. 행동을 억제할 수도 있습니다. 자유를 얻기 위해 얼마나 처절한 투쟁을 치렀는지 알게 된다면, 보다 경건한 마음을 갖게 될 것입니다.

잠시 동안의 반성을 통해 나의 권리나 다른 사람의 권리가 함부로 남용되는 것을 막을 수 있습니다.

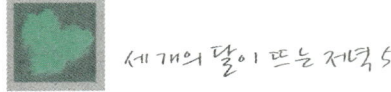 세 개의 달이 뜨는 제국 5

도저히 극복할 수 없는 문제와 대면하게 되는 상황은
결코 발생하지 않는다

지난 시절을 되돌아보면, 홀로 험준한 산맥을 넘어가
는 것처럼 힘든 일도 많았습니다. 우리는 그런 어려운 상
황에 적절히 대응하면서 삶을 가꾸었습니다. 한 걸음 더
나아가 고통스러운 시간이 오히려 우리의 정신을 고양시
키고, 더욱 현명하게 만들었으며, 흔들리지 않는 신념을
가져다주었습니다.

폭풍이 지나간 뒤에는 평화로운 정적이 찾아오는 법입
니다. 수많은 고초를 겪으면서 우리는 마음의 안정을 되
찾았습니다. 고난은 언제나 고통을 가지고 찾아옵니다.
하지만 조금만 시간이 흐르면, 고난은 우리가 좀 더 성숙
할 수 있는 기회를 제공하고 풍요로운 인생을 설계할 수
있도록 합니다.

 ·

우리의 자아를 성숙시키고 더 건강한 사람이 되려면, 고난을 하나의 수련과정으로 받아들여야 합니다. 어려운 시기는 우리가 반드시 배워야만 하는 것들을 알려주고 있습니다. 그러므로 어떤 난관에 부딪히더라도 극복할 힘이 우리에게 있다는 믿음을 품고 하루를 시작해야 합니다.

우리가 극복할 수 없는 일은 절대로 생기지 않습니다.

오늘 나는 분명히 성장할 거라고 믿습니다. 내면의 힘과 하나가 됨으로써 수많은 도전들에 맞설 것입니다.

인생을 경험하지 않으면 현명한 지혜를 구할 수 없다

삶은 교훈의 연속입니다. 성공이나 실패를 통해 언제나 우리는 교훈을 얻게 됩니다. 교훈을 수용할 수 있는 자세를 갖추면, 시간이 흐를수록 자연과 인생 그리고 나 자신에 대해 더 잘 이해할 수 있습니다.

세상은 우리에게 많은 것을 요구합니다. 우리는 그 소명을 다하기 위해 모든 정성을 기울여야 합니다. 헌신적으로 살아간다면 반드시 사회도 그 보답을 할 것입니다.

우리는 사색을 통해 지혜를 구하게 됩니다. 지혜는 마치 진주처럼 고귀한 것입니다. 상처 입은 조개가 그 고통을 달래면서 영롱한 진주를 빚어내는 것처럼, 쓰디쓴 교훈으로 인해 우리는 지혜를 얻게 되는 것입니다.

모든 사람들이 행복과 사랑, 안락한 삶 그리고 지혜를 추구합니다. 그러나 행복이나 지혜가 바로 나의 생각에 달려 있다는 사실을 알게 되기까지는 적지 않은 시간이 걸립니다.

지혜, 그것은 우리의 생각 속에 보금자리를 틀고 있습니다. 고통과 절망을 겪고, 그런 과정을 거치면서 지혜를 빚어낸다면 우리의 삶은 더욱 윤택해질 것입니다. 지혜의 열매를 얻으려면, 인내와 진지한 성찰 그리고 사랑이 필요합니다.

나는 인내심을 발휘할 것입니다.

명예란 그가 어떤 사람인지 밝히는 등대에 불과하다
그를 좋은 삶으로 인도하는 것도
또한 다른 사람으로 만드는 것도 아니다

우리는 다른 사람이 자신의 이야기에 귀를 기울이기를 원합니다. 대화를 통해 서로의 의견을 나누고 싶은 것입니다. 다른 사람의 인생에서 중요한 역할을 담당하고 싶은 것이 우리의 작은 희망입니다. 그것은 '나'라고 하는 존재가 많은 사람들에게 도움을 주고 있다는 사실을 보여주기 때문입니다.

그러나 많은 사람들이 인생의 의미가 무엇인지도 모르고 있습니다. 그들은 안개처럼 짙은 불안감 속에서 머뭇거리고 있을 뿐입니다.

우리는 다른 사람으로부터 인정받기를 원하며, 아무런 조건도 없이 사랑받기를 원합니다. 우리 모두는 서로에게 존중을 받고 싶은 욕구가 있습니다. 바로 그렇기 때문에 지금 이 순간 만나고 있는 사람들을 존중하고, 귀를 기울여야 합니다.

사랑을 실현하는 것은 생각처럼 그렇게 어려운 일이 아닙니다. 사랑과 위로가 주위에 있을 때, 인생의 술잔은 얼마나 달콤할까요? 더불어 나누는 삶 속에서 우리가 이길 수 없는 고난이란 이미 존재하지 않습니다.

내가 필요한 만큼 다른 사람들도 나의 위로와 기꺼이 귀 기울이는 자세를 필요로 한다는 사실을 항상 기억할 것입니다.

인생에는 두 가지 비극이 있다
하나는 간절한 희망이 좌절되는 것이고
다른 하나는 바로 그 희망이 실현되는 것이다
어느 누구도 그 비극에서 벗어날 수 없다

희망은 커다란 힘을 가지고 있습니다. 간절하게 바라
는 희망은 삶을 긍정적이고 풍요로운 세계로 안내합니
다. 하나의 희망이 충족되었을 때, 인생의 장은 그만큼 넓
어진 것입니다.

하지만 그릇된 희망은 부정적인 결과를 낳을 수도 있
습니다. 물질적인 욕망을 채우기 위한 노력으로는 행복
을 누릴 수 없는 것입니다.

희망을 향해 한 걸음 앞으로 나아갈 때마다 사나운 파
도와 모래바람이 우리를 가로막을 수도 있습니다. 고통
과 좌절의 가시밭길이 나타나기도 합니다. 그러나 희망

은 그 모든 것들을 극복하고 새로운 세계로 나아가도록 만드는 빛입니다.

희망, 그 자체는 가치 중립적입니다. 희망은 선하지도 않고, 악하지도 않습니다. 우리가 어떤 방향으로 나아가고 있는가에 따라 희망이 인생에 어떤 영향을 미치게 되는지 결정합니다. 희망은 우리를 사랑으로 인도할 수도 있고, 증오로 인도할 수도 있습니다.

희망이 오랫동안 실현되지 않았을 때에는 그것을 다시 한 번 신중하게 검토할 필요가 있습니다. 비록 희망이 이루어졌지만 어쩐지 공허한 마음을 떨칠 수 없을 때에도 뒤를 돌아볼 수 있어야 합니다.

내가 원하는 것이 진정 나를 훌륭하게 가꿀 만한 선택인지 확인할 수 있어야 합니다.

아무런 보답도 바라지 않은 봉사는
많은 사람들을 행복하게 할 뿐만 아니라
우리 자신도 행복하게 만든다

　우리는 상처입은 영혼이 치유되기를 바랍니다. 고통을 깊게 만드는 상처는 조금이라도 빨리 사라져야 합니다. 작은 실수로 인해 수치심이나 죄책감에 사로잡히는 일도 없어지도록 노력한다면, 영혼은 안식을 누릴 수 있을 것입니다.

　하지만 그것은 쉬운 일이 아닙니다. 우리는 스스로 무덤을 파거나 감정의 혼란에서 벗어나기 위해 삶을 기만하기도 하고, 스스로 거부하기도 합니다. 우리는 상처를 치유할 수 있는 능력을 가지고 있습니다. 사슴처럼 혀로 핥으면서 상처를 달래기도 합니다.

　우리는 어느 누구도 완전하지 않습니다. 그리고 많은

실수와 착오를 저지르면서 살아갑니다. 나의 고통은 다른 사람들의 고통보다 더욱 크지도 무겁지도 않습니다.

인생의 여정을 걸어가는 동안, 우리는 많은 일을 겪었습니다. 하지만 우리가 처음에 출발했던 지점은 똑같은 곳입니다.

진실은 거짓보다 강합니다. 영혼에 진실을 담아두고 있는 사람, 가슴에 사랑의 불씨를 지피고 있는 사람은 모두 인생의 동반자입니다. 우리는 외롭지 않습니다.

나는 어느 곳에 가든지 똑같은 표정으로 사람들을 대할 것입니다. 그리고 침착하고 평온한 사람이 되기 위해 노력하겠습니다.

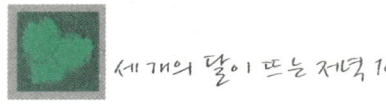

하나의 경험 속에는 어리석음 혹은 슬픔이 있다
어리석음과 슬픔의 다른 이름이 곧 경험이다

　연인에게 항상 무엇인가를 요구한다면, 그 사랑은 얼마
있지 않아서 지쳐버리고 맙니다. 불가능하거나 어려운 일
을 끊임없이 기대하다가 결국 실망하고 그 자리에 주저앉
거나, 암흑 속에 갇힌 기분에 사로잡히는 것입니다.

　사랑의 막을 내리게 된다면 이 세상은 너무나 삭막해
질 것입니다. 하지만 스스로 이러한 기대를 조정할 수 있
기 때문에 그런 일을 미연에 방지할 수 있습니다. 그런데
우리는 이러다가 사랑을 잃어버리게 되지나 않을까 걱정
하면서 불안에 몸을 떨기도 합니다.

　사랑에 몸을 내맡기고 있을 때, 별다른 기대 없이 현실
을 있는 그대로 받아들이는 것이 현명한 일입니다. 그렇
게 하려면 어느 정도의 거리를 두고 사랑을 바라보는 것

이 중요합니다. 사랑에 빠지는 것이 아니라, 사랑을 하는 것입니다. 사랑하는 사람의 인생에 관여하는 일은 조심스럽게 결정해야 합니다.

그러나 대다수의 사람들은 그렇게 하지 않습니다. 오히려 사랑에 빠지기 위해, 거리감을 조금도 두지 않기 위해 저항하기도 합니다. 이러한 태도는 사랑을 키워 나가는 과정에 방해가 됩니다. 연인에게 요구하는 것이 아니라 서로 나누고 있을 때, 그 사랑은 보다 깊은 뿌리를 내리는 것입니다.

우리는 사랑의 노예가 아니라 당당한 주인이어야 합니다.

나는 오직 나 자신에 대해서만 기대를 품을 것입니다.

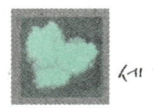

우리의 꿈과 계획 속에서 가능성이 싹을 내밀고 있다
그 가능성이 조금씩 성장하게 되면
이 세상의 모습도 완전히 변할 것이다

꿈은 변화를 일으키는 원동력입니다. 우리의 시야를 더욱 넓히고, 저 너머의 목표를 향해 나아가도록 합니다. 이 세상을 바꿀 수 있는 진정한 힘이라고 할 수 있습니다. 그런 꿈은 문득 떠오르는 일시적인 생각이 아닙니다.

우리는 여러 가지 재능을 가지고 있습니다. 그런 재능이 충분히 발휘될 수 있도록 이끌고 도와주는 것이 바로 꿈입니다.

새로운 일을 시작하기 위해 우리는 가장 먼저 꿈을 꾸게 됩니다. 미래의 모습을 떠올리면서 현실을 개척하는 것입니다. 세상은 항상 우리의 도전을 기다리고 있습니다. 오직 꿈을 꾸는 사람만이 인생의 비밀을 열어 볼 수 있습니다.

꿈은 미래의 모습을 투영합니다. 어느 누구도 완전한 그림을 그릴 수는 없지만, 꿈을 완성하기 위해 최선을 다하는 것이 중요합니다. 그림의 깊이와 풍요로움은 우리의 꿈에 따라 조금씩 변할 것입니다.

처음부터 원대한 꿈을 꾸면서, 감당하기 힘겨운 계획을 세울 필요는 없습니다. 다만 인생의 방향을 정하고 하나씩 작은 꿈들을 이룬다면, 어느 사이에 세상은 몰라보게 달라질 것입니다.

나는 내 꿈들을 환영할 것입니다. 꿈은 내일의 성공적인 모험을 암시하고 있습니다.

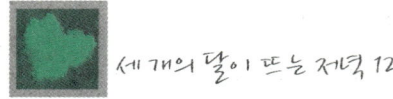

이 세상에서 무의미한 것은 아무것도 없다
특히 괴로움처럼 그 의미가 깊은 것도 없다

우리는 한 가지 목표를 세우고 그것을 달성하기 위해
노력합니다. 어떤 목표를 세우더라도, 그것은 우리의 가
능성 안에 존재합니다. 지금 우리가 어느 지점에 서 있는
가 하는 것은 그다지 중요하지 않습니다. 도착할 지점에
시선을 두고 있다면, 그 가능성은 충분히 실현될 수 있습
니다.

하루의 일과를 시작하면서 떠올리는 생각, 친구를 만
나면서 하는 생각, 시험을 앞두고 품게 되는 생각을 모두
이행할 수 있다면 우리는 운명을 지배할 수 있습니다. 하
지만 그런 생각을 일찍 포기하거나 도중에 그만두게 된
다면, 깊은 늪에서 헤어날 수가 없습니다.

우리는 수많은 결정을 내리면서 살아갑니다. 자유로운

결정이란 다른 사람들이 시키는 대로 이끌리는 것이 아니라, 스스로 결정하는 것을 말합니다. 혼자 행동하고 생각하고 느끼고 꿈꿀 수 있는 자유는 항상 우리 주위에 머물고 있습니다. 어떤 일에 대해 결정을 내리고 과감하게 진행한다면, 극복하지 못할 어려움은 별로 없을 것입니다.

나는 내가 지니고 있는 능력을 찬미합니다. 어떤 일에 직면할 때마다 나는 어떤 반응이라도 마음대로 보일 수 있는 자유가 있습니다.

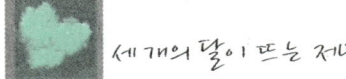

두려움을 극복하는 능력은
그것에 굴복당하지 않으려고 하는 의지에 달린 것이다

　우리는 참으로 연약한 존재입니다. 물이나 집 혹은 양
식이 없다면 생존할 수도 없습니다. 삶을 영위하기 위한
최소한의 조건이라도 갖추고 있어야 하는 것입니다. 그
렇기 때문에 삶의 질을 높이기 위해 많은 노력을 기울이
고 있습니다.

　한 순간의 노력으로 수많은 재화를 벌어들일 수 있다
는 것은 허황된 꿈입니다. 그런 환상은 삶의 의욕을 앗아
가기도 합니다. 우리는 다른 사람들과 밀접하게 연결되
어 있습니다. 나의 행동 하나하나가 이 사회에 영향을 미
치는 것입니다.

　거짓이나 가면으로 진실을 숨기는 것은 어리석은 행동
입니다. 손바닥으로 하늘을 가릴 수는 없는 것입니다. 이

세상에는 많은 위험이 도사리고 있습니다. 하지만 정직한 삶은 우리를 위험에서 구할 수 있습니다. 진리와 더불어 살아간다면 두려운 일은 전혀 없습니다.

품위를 지키는 것은 어쩌면 몹시 힘든 일이라고 할 수도 있습니다. 하지만 서로 조금씩 양보한다면, 모든 대립이나 갈등이 해소될 것입니다. 진실은 존재의 내면에서 밝히는 빛입니다. 그 순수한 빛은 삶의 본질을 비추고 있습니다.

호기심이 많은 어린아이처럼, 나에게 인생이란 참으로 흥미로운 질문들로 가득 차 있습니다. 인내하면서 기다린다면 곧 대답을 찾을 수 있을 것입니다.

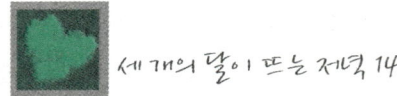

사랑이란 우리를 행복하게 하기 위해 있는 것이 아니다
사랑은 우리가 고뇌와 인내 속에서 얼마나 강해질 수
있는가를 자신에게 보여주기 위해 있는 것이다

다른 사람을 함부로 평가하는 것은 매우 위험한 일입
니다. 그런 행동은 나중에 불행한 일을 초래할 수도 있습
니다. 다른 사람의 성격을 분류하는 것도 좋지 않은 행동
입니다. 그것은 마치 사람들을 자기 마음대로 서류 분류
함 속에 집어넣는 것과 같습니다.

이 세상의 모든 사람들은 자기만의 독특한 개성을 가
지고 있습니다. 그런 개성은 각기 장점이 있기 때문에, 어
느 누구도 함부로 평가를 내릴 수는 없습니다. 나에게는
아무렇지도 않은 것이 다른 사람에게는 커다란 의미를
가질 수 있는 것도 수없이 많습니다.

내가 사랑하는 사람도 항상 나와 똑같은 생각을 하지

는 않습니다. 가치에 대한 판단도 서로 다르기 마련입니다. 훌륭한 인격을 가지고 있는 사람은 삶을 긍정적인 시각으로 바라보고 있습니다. 함부로 다른 사람을 평가하는 것은 먼저 나 자신을 존중하지 않기 때문입니다.

사랑은 서로를 비판하지 않습니다. 어리석은 사람만이 그런 태도를 통해 스스로 다른 사람으로부터 존중받을 가치가 없다는 사실을 드러내고 있습니다.

나는 다른 사람들에 대한 판단을 잠시 유보하고, 그 대신에 나 자신을 자유롭게 하기 위해 최선을 다할 것입니다.

삶은 순간들의 연속이다
한 순간 한 순간을 살아가는 것이 성공하는 것이다

고층 건물을 지을 때, 바람이 불어오면 흔들리도록 설계합니다. 부드러운 것이 단단한 것보다 더욱 강하다는 특성을 이용한 것입니다. 부드러움의 힘은 그 무엇보다도 강인합니다.

부드러운 성격은 항상 새로운 정보와 변화를 받아들일 자세가 되어 있습니다. 급박한 일에도 유연하게 대처하고, 신선한 활력을 지니고 있습니다. 우리의 정신은 새로운 힘과 협력하면서 조화를 이루는 만큼 강해질 수 있습니다.

우리 주위에는 절대로 자기 주장을 포기하지 않고 무조건 요구하는 사람들이 있습니다. 그런 성격을 강한 태도라고 생각하는 것입니다. 그리고 양보하거나 물러설

줄 아는 사람들의 행동이 우유부단하고 무조건 순응하는 자세라고 주장합니다.

하지만 사실은 그렇지 않습니다. 진정 강한 것은 외면적으로 잘 드러나지 않습니다. 고집을 부리는 사람들은 어려운 난관에 처하게 되었을 때, 부러질 수밖에 없습니다.

그렇지만 부드러운 사람들은 유연하게 대처하면서 슬기롭게 극복합니다. 그들에게는 인생의 방향이 분명하게 주어져 있으며, 다른 사람의 잘못에 대해 관용과 이해를 베풀고 있습니다.

나는 당신의 삶이 진실해지고 영적으로 성장하기를 기대하고 있습니다. 당신의 현실 그 자체가 나에게는 커다란 선물이 될 수 있는 것입니다.

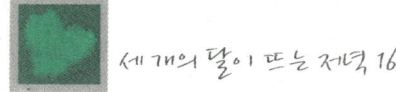

살아 있다는 것은 높고 험준한 운명의 고개를
숨을 헐떡이면서 기어오르는 일이다

지구의 연륜과 비교할 때, 과연 우리의 나이는 얼마나
되었을까요? 아마도 요람에서 잠들어 있는 아기에 비유
할 수 있을 것입니다. 이 땅에서 살고 있는 다른 생물들과
비교한다면, 우리는 가장 최근에 나타난 생명체라고 할
수 있습니다.

지질학자들의 시대 구분에 따르면 우리는 지구 위에
이제 막 등장한 생물입니다. 개미나 참나무, 잠자리, 돌
고래와 비교하더라도 우리는 아장아장 걸어다니기 시작
한 아기에 불과합니다.

하지만 우리가 현재 보유하고 있는 수많은 무기를 모
두 사용한다면, 스스로 멸종의 길을 향해 달려가는 유일
한 종족이 될 것입니다. 그것은 정말 수치스러운 역사입

니다. 그런 사태가 벌어진다면 불행의 그림자가 우리를 덮칠 것입니다.

우리는 무서운 파괴력과 온화한 생명력을 동시에 지니고 있습니다. 죽음이 도처에서 우리를 위협하는 처지에서 벗어나, 서로 양보하면서 발전을 도모하는 방향으로 나아갈 수 있는 것입니다.

역사는 우리에게 많은 교훈을 보여주고 있습니다. 전쟁과 문화의 진보는 반비례하는 것입니다. 이제는 역사의 장을 새롭게 기록할 시기입니다.

나는 지구가 낳은 여러 아이들 가운데 한 명입니다. 존경심을 가지고 모든 생명체들을 대할 것입니다.

나는 내가 들은 것은 믿지만
내 눈으로 직접 본 것은 믿지 않는다
감각에 의존하지 않고 진리를 받아들이는 것이다

어린아이는 지구가 평평하다고 생각하지만, 점차 성장
하면서 지구는 둥글다는 이야기를 듣게 됩니다. 우리는
아주 어렸을 때부터 감각을 믿지 않는 훈련을 받았습니
다. 그러나 어느 순간에 이르면 우리의 시력이 다른 사람
들보다 더욱 뛰어나다는 생각을 하게 되고, 우리가 들었
던 것에 대해 의문을 품는 시기가 찾아옵니다.

독자적으로 사고하는 것은 아주 훌륭한 일입니다. 하
지만 나의 판단이 무조건 올바른 것이라고 믿는다면, 난
처한 경우가 생깁니다. 그렇다면 나의 판단과 사회의 판
단을 구별하는 경계선은 과연 어느 지점일까요?

나의 시각과 객관적인 시각을 서로 분명하게 구별하는

일은 매우 중요합니다. 오직 나의 감각에 전적으로 의존한다면, 현실을 바라보는 시각이 흐려지게 됩니다. 그렇게 된다면, 스스로 착각에 빠져서 주관적인 이상(理想)이나 환상으로 인해 현실을 무시할 수밖에 없습니다.

현실을 나의 눈으로 바라보면서 다른 사람들의 의견도 존중할 때, 회의와 착각에서 벗어나 균형을 찾을 수 있습니다.

인생은 풍요로운 결실을 우리에게 선물합니다. 우리는 인생을 아름답게 완성하기 위해 환상을 깨어 버릴 수 있습니다.

올바르지 못한 안목이 가끔씩 나의 현실을 왜곡하고 있습니다.

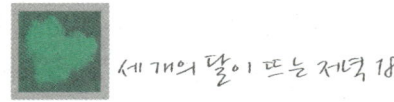

앞으로 나아갈 수 있는 목표를 가지는 것은 좋은 일이다
그러나 궁극적으로는 그 여행 자체가 중요하다

목표는 삶의 방향을 제시하고 있습니다. 아무런 목표
도 없이 그저 이끌리며 살아간다면, 중심을 잃어버리고
갈팡질팡할 것입니다. 그리고 우리가 누구인지도 애매해
지고 맙니다.

목표는 우리에게 삶의 의미를 제공하고 동기를 부여하
면서, 항상 즐거운 마음으로 살아갈 수 있는 계기를 마련
합니다. 수많은 고난과 역경, 전혀 예상하지 못했던 장벽
들을 극복할 수 있는 용기를 안겨주기도 합니다. 우리는
순간적인 판단 잘못으로 기회를 너무나 쉽게 놓쳐 버리
곤 합니다.

목표들을 하나씩 달성할 때마다 우리의 자아는 점점
더 성숙해집니다. 목표는 인생의 나침반과 같은 역할을

하지만, 그 반대로 우리의 관심이 다른 곳으로 향하지 못하도록 방해하기도 합니다.

일에 매달리는 동안 계절 따라 꽃이 피어나는 모습을 볼 수가 없고, 재즈 연주를 들을 수도 없으며, 오페라를 구경조차 하지 못한다면 수많은 풍요로운 삶을 놓치고 있는 것입니다. 목표를 향해 달려가면서도 주위를 둘러볼 수 있는 여유가 필요합니다. 행복은 우리의 인생 속에 깃들여 있습니다.

오늘 하루만이라도 내 앞에 놓인 그 순간과 그 행동에 전념할 수는 없을까요?

실패를 경험하게 되었을 때,

그것은 우리가 실패의 두려움에서 벗어나기 시작했다는 사실을 의미한다

어떠한 경우에도 웃을 수 있는 방법을 배우는 것은 아주 중요하다

완벽한 인생은 그 어디에서도 찾아볼 수 없습니다. 그런 인생을 기대하는 것은 환상을 따라다니는 것입니다. 정신적인 혹은 육체적인 성장은 항상 온갖 오류와 좌절을 겪으면서 이루어지고 있습니다.

삶의 교훈은 아무래도 성공보다는 실패를 통해 찾아온다고 할 수 있습니다. 우리는 실패를 통해 끈기와 인내를 배우게 됩니다. 그리고 다른 사람에게 도움과 조언을 구하는 방법을 알게 됩니다. 우리는 어떻게 하면 또 다른 실패가 생길 수 있는가에 대해서도 역시 깨닫게 됩니다.

실패는 성공의 문턱입니다. 성공을 한치 앞에 두고 포기하는 사람도 있습니다. 하지만 그런 고통의 순간을 넘어선다면 반드시 영예를 누리게 됩니다.

우리가 더 이상 실패를 두려워하지 않을 때, 더욱 커다란 성공을 향해 도전할 수 있는 자유를 획득하게 됩니다. 우리는 단지 혼자만의 삶이 아니라, 경험할 수 있는 다양한 삶을 통해 배울 수 있습니다. 실수를 웃음으로 극복하는 것은 다시 시도하는 것에 따른 위험부담을 더욱 가볍게 만듭니다.

나는 지금 시도하는 일에서 실패할 수도 있습니다. 하지만 비록 실패를 맛볼지라도 나는 웃을 수 있습니다. 나의 웃음은 또다시 시작할 수 있는 길을 열어줄 것입니다.

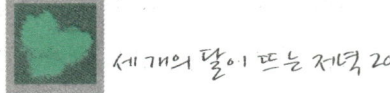

 세 개의 달이 뜨는 저녁 20

정직하게 나 자신을 신뢰하고 존중하면
다른 사람들도 나를 믿고 존경하는 태도를 보인다

정직은 정직을 불러일으킵니다. 우리가 올바르게 생활할 때에는 어떤 상황이든지 쉽게 대처해 나갈 수 있습니다. 그 어느 때라도 솔직하게 행동하겠다고 결심하면, 다른 사람과 만나는 일이 조금도 부담스럽지 않게 됩니다. 정직은 믿음과 존경에 기초합니다.

깊이 신뢰할 만한 사람들과 있으면 마음이 편안하다는 사실은 두말할 필요조차 없는 일입니다. 우리는 서로를 신뢰하기 위해 노력해야 합니다. 나를 믿고 존중하는 일도 역시 동일하다고 할 수 있습니다. 다른 사람을 존중하면 마치 부메랑처럼 나에게 다시 돌아옵니다.

부메랑은 목표물을 향해 던지면 반드시 처음 그 자리로 돌아오는 사냥기구입니다. 내가 했던 행동은 그 대가

 •

를 가지고 다시 나를 향해 찾아오기 마련입니다.

다른 사람을 믿는 것은 곧 그들이 우리를 어떻게 대해야 하는지를 알려주는 것이기도 합니다. 말이나 행동을 통해 우리가 누구인지를 다른 사람에게 알리는 것입니다.

나 자신과 다른 사람들에 대한 나의 행동에 의해, 오늘 하루의 색깔이 정해질 것입니다.

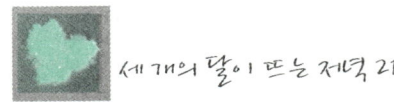

인간은 그 자체가 대하기 어려운 존재이므로
사람이 함께 살아가는 일에는 다양한 문제가 뒤따르기
마련이다
우리가 사는 곳이 낙원이 아니라면 말이다

교통이 혼잡하거나, 친구가 약속을 지키지 않았거나,
혹은 귀중한 서류를 분실했을 때 저절로 짜증이 납니다.
그런 일 때문에 화가 난다면, 한 걸음 뒤로 물러나서 이렇
게 말하는 것이 좋습니다.

"인생은 그 얼마나 어려운 것인가? 이 정도의 일은 얼
마든지 참을 수 있어."

많은 사람들이 '인생의 어려움'에 대해 잊어버림으로
써 어려움을 겪고 있습니다. 달성하기 어려운 목표를 설
정한 후에 절망하는 경우도 가끔씩 생깁니다.

하지만 우리는 완전한 존재가 아니기 때문에, 그런 일

로 인해 상처 받을 필요는 없습니다. 실수와 불운이 우리 뒤를 따라오고 있을 수도 있습니다.

우리는 다른 사람들과 더불어 아름다운 사회를 만들기 위해 노력합니다. 건축물도 세우고, 연극도 공연합니다. 그렇게 하는 가운데 성공을 얻는 것만큼이나 실패 또한 자주 겪습니다. 우리는 그 모든 일들을 위해 서로를 필요로 하는 것입니다.

분노와 실망을 일정한 거리를 두고 바라보면서 그래도 무엇인가를 할 수 있다는 것이 얼마나 놀라운 일인지 기억한다면, 나 자신과 다른 사람들을 단지 인간이라는 이유만으로도 사랑할 수 있을 것입니다.

완벽한 사람은 없습니다. 그것이 바로 인간의 본성입니다.

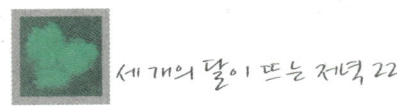

우리는 다양한 일들을 경험하면서 많은 것을 배울 수
있다
만약 배우는 방법을 잊어버리지 않았다면
우리는 커다란 성공을 거둘 수 있을 것이다

새로운 정보와 전망을 자연스럽게 습득할 수 있다면,
우리는 그 어떤 목표나 성과도 거둘 수 있습니다. 우리가
원하는 것을 얻으려면 끈기, 지식에 대한 열정 그리고 미
지의 것을 수용하는 자세가 요구됩니다.

우리는 사랑하는 사람을 선택하고 동반자처럼 살아갑
니다. 그런 사랑은 우연이 아니라, 미리 예정된 것입니
다. 수많은 사건들이 벌어지고, 다양한 정보가 주의를 끌
어당깁니다.

지금 당장 우리에게 필요한 것은 어느 한 순간이라도
열정을 갖고 몰입하는 자세입니다. 그리고 모든 가능성

에 대해 마음을 열고 대비할 수 있어야 합니다. 인생이 우리에게 가르쳐 주는 것을 받아들이기 위해 마음의 준비가 필요한 시간입니다.

거듭되는 성장과 궁극적인 승리를 위해 우리는 항상 배울 준비를 하고 있습니다.

배움은 언제까지나 나의 의지에 달려 있습니다. 그 결정은 개인적인 것이며, 아마도 날마다 새롭게 내려져야만 할 것입니다. 선택은 전적으로 나의 몫입니다.

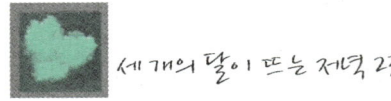

참된 사랑은 두 사람이 서로를 바라보는 것이 아니라
함께 같은 방향을 바라보는 것이다

가슴속 깊은 곳에 은밀한 비밀을 담아두고 있지만, 끝
까지 감추어 둘 수는 없습니다. 비밀이 많은 사람은 그 부
담으로 인해 편안하게 행동할 수가 없습니다. 그런 만큼
이나 가능성에서 멀리 떨어지게 되는 것입니다.

하지만 그 반대로 비밀이 없는 사람에게는 성장과 행
복을 위한 기회가 더욱 많이 찾아오게 됩니다. 결과적으
로 비밀은 우리를 더욱 힘들게 할 뿐입니다.

비밀은 무거운 짐이 됩니다. 나의 생각이나 결정을 반
드시 숨기겠다는 생각은 날카로운 가시를 품고 있습니
다. 비밀은 서로를 믿을 수 없기에 생기는 것입니다. 가까
운 친구에게 나의 비밀을 털어놓을 수도 있습니다. 어쩌
면 이런 고백을 통해 상처를 받게 될 수도 있기 때문에,

그렇게 하기 위해서는 용기와 힘이 필요합니다.

비밀을 가두어 놓는다면, 그것은 영원히 우리의 뒤를 따라다니게 됩니다. 그런 고통은 좀처럼 참기 어려운 것입니다. 정직한 삶은 우리를 보다 친근하게 만들어 줍니다. 이러한 신뢰는 고민을 덜어주고, 어떤 상황 아래에서도 행복을 느끼도록 해주는 우정을 맺게 합니다.

나는 무엇인가를 비밀로 간직하고 싶다는 유혹을 받을지도 모릅니다. 그러나 비밀을 모두 털어놓음으로써, 나를 무겁게 짓누르는 짐으로부터 해방될 수 있습니다.

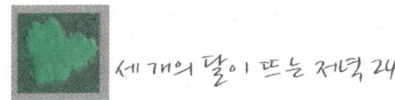

정열적으로 사랑을 해보지 못한 사람은
인생의 절반, 그것도 아름다운 쪽의 절반을 잃어버리
는 것과 같다

오늘이라는 시간은 우리에게 특별한 헌신과 노력을 요
구합니다. 나를 먼저 생각하지 않고 사랑하는 사람을 위
해 헌신한다면, 장미의 향기는 더욱 짙어질 것입니다.

때로는 사랑이 힘겹고, 견딜 수 없을 정도로 무겁게 느
껴지는 시기도 있습니다. 하지만 비가 온 뒤에 땅이 더욱
굳어지는 것처럼, 고통을 극복하고 나면 사랑도 더욱 깊
어갈 것입니다. 가장 어려운 시기를 거치면서, 우리는 가
장 눈부시게 발전할 수 있습니다. 이것은 지금까지의 경
험으로도 쉽게 알 수 있습니다. 사랑도 배움의 과정을 통
해 성숙하게 됩니다.

성공은 항상 과거의 실패를 수반합니다. 그러나 좌절

과 방황을 넘어서면 성공이 우리를 기다리고 있습니다.

우리의 시야는 지극히 제한되어 있습니다. 우리를 기다리고 있는 것이 무엇인지도 전혀 상상할 수 없습니다. 다만 우리가 할 수 있는 것은, 경험이 이끄는 대로 사랑에 몸을 맡기고 꾸준히 앞으로 나아가는 것입니다.

나는 기억할 것입니다. 경험이 나의 스승이 되는 사실을.

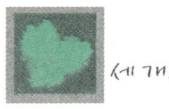

새로운 것을 배울 때에는
도움을 청하는 데 결코 어려움을 느끼지 말아야 한다
혼자만의 힘으로 모든 것을 배울 수 있는 사람은 없다
정말 부끄러운 것은 필요하다고 생각하면서도
도와달라고 요청하지 못하는 것이다

두려움은 우리를 마비상태로 몰고 갑니다. 두려움이 우리를 엄습하면 한 발자국도 떼어놓을 수가 없습니다. 새로운 생각도 할 수 없고, 새로운 경험도 할 수 없으며, 자신의 인격 형성 또한 포기해 버립니다. 삶이 제공하는 풍요로움은 우리의 주위를 그대로 스치고 지나가 버립니다.

우리는 인생이라는 소중한 선물을 받았습니다. 그 무한한 가능성을 시험하기 위해 날개를 펼치고 날아오를 수 있어야 합니다. 그래서 미래의 행복을 찾아가야 하는 것입니다.

불안에 사로잡히게 되더라도, 다시 무거운 그림자에서 벗어날 수 있는 방법은 있습니다.

"모든 게 잘 되어가고 있어."

이런 생각을 하면서 성실하게 일을 해 나간다면, 모든 문제가 저절로 해결될 것입니다. 인생은 우리를 성숙시키는 하나의 계기입니다. 눈을 들어서 미래를 바라보는 것이 좋습니다. 수많은 기회가 우리를 기다리고 있습니다.

나는 오직 이 순간만을 바라보고 있습니다. 그리고 바로 나 자신의 발전을 위해 특별히 예비된 경험에 참여하도록 초대받을 것입니다. 모든 일이 순조롭게 진행되고 있습니다.

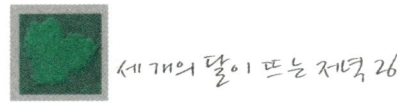

지금 하고 있는 일은 그 자체로서 충실해야 한다
각 부분이 충실해야 전체가 충실해질 수 있다

　우리는 고단한 육체만이 아니라 마음의 안식을 위해, 집에서 음식을 장만하고 따스한 불을 피우고 있습니다. 이 사회에서 어떤 일을 맡고 있더라도 우리 모두는 편안하게 휴식할 수 있는 집이 필요합니다.

　정신적인 충만감을 얻으려면, 먼저 집을 풍요롭게 가꾸어야 합니다. 책으로 서가를 장식하거나, 바흐의 무반주 첼로곡을 들으면서 여유를 누릴 수도 있을 것입니다.

　집을 꾸미는 방식은 곧 우리가 가장 선호하고 아끼는 것이 무엇인지를 한눈에 보여주고 있습니다. 어쩌면 낡은 의자를 비롯한 고풍스럽고 편안한 가구를 선호할 수도 있고, 유행에 따라 가구를 자주 갈아치울 수도 있습니다.

　가정은 몸과 영혼이 함께 편안하게 머무를 수 있는 곳

입니다. 집이 안정과 휴식보다는 긴장과 불안을 안겨주고 있다면, 커다란 문제가 있는 것입니다. 과연 우리가 머물고 있는 집은 영혼이 제대로 성숙할 만한 환경을 제공하고 있을까요?

내 영혼의 연료는 결코 다 태버리는 법이 없습니다. 지금 나는 저장창고를 확인할 것입니다.

 세 개의 달이 뜨는 저녁 27

만약 내가 지금 바로 이 순간을 즐길 수 없다면
세 번의 여행이든 다섯 번의 여행이든 혹은 일곱 번의
여행이든 간에
그 어떤 것도 잘 즐길 수 없을 것이다

미래에 온통 관심을 기울이고 싶은 충동은 대단히 강합니다. 앞을 내다보려고 하는 것은 당연한 일이기도 합니다.

하지만 행복의 열쇠는, 최종적인 결과만이 아니라 일이 진행되는 그 자체를 즐기는 데에 있는 것입니다. 내 인생에서 더 많은 부분을 차지하고 있는 것은 이미 완결된일을 바라보며 만족해 하는 단계가 아니라, 그것을 향해나아가는 단계이기 때문입니다.

날마다 나는 성실하게 일을 할 수 있다는 사실에 대해깊이 감사하고 있습니다. 그리고 이것이 바로 나의 인생

 • • • • • • • • • • • • • • • • •

이라는 사실을 깨닫고, 그 일에 대한 한없는 사랑을 느끼고 있습니다.

우리가 몹시 하고 싶었던 일을 즐기고 있다면, 그것은 영혼을 풍요롭게 만드는 가장 좋은 방법입니다. 하지만 만약 우리가 별로 이상적이라고 생각하지 않았던 어떤 일에 종사하고 있더라도, 그 속에서 가능한 한 많은 행복을 얻을 수 있는 방법을 찾아내는 것이 중요합니다.

현재의 순간에 충실하다면, 평범한 일에도 색다른 재미를 느낄 수 있습니다. 그리고 별로 흥미가 없었던 인생의 다른 부분들도 훨씬 더 많은 의미를 가지게 될 것입니다.

나는 모든 사람들이 바로 나의 일부라는 생각을 하면서 사랑하겠습니다. 고립에 대한 두려움을 떨치고, 인생의 온전함에 미소를 보낼 것입니다.

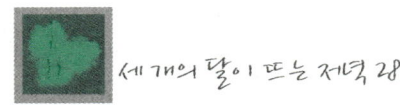 세 개의 달이 뜨는 저녁 28

자유는 마치 세수를 하는 것과 같다
당신이 날마다 물로 얼굴을 씻는 것처럼
자유도 쉬지 않고 경험해야 하는 것이다

이 세상에서 그대로 정지해 있는 것은 아무것도 없습니다. 변화는 곧 생명의 법칙입니다. 우리는 자유를 행사하면서 많은 것을 배우게 됩니다. 그런 성과는 좀처럼 없어지지 않습니다.

자유로운 행동은 우리의 영혼을 더욱 고양시키게 됩니다. 우리의 성장은 모두 자유의 도움을 얻어서 비롯된 것이라고 할 수 있습니다. 직장이나 연인, 가정, 이러한 모든 것들은 얼마든지 변할 수 있습니다. 우리의 자유로운 판단과 결정에 달린 것입니다. 우리는 이러한 요소들을 그대로 보존할 수도 있고, 다른 것으로 바꿀 수도 있습니다.

자유는 나의 선택권을 갖는 것을 의미합니다. 나는 지

금부터 무슨 일을 할 것인지 스스로 결정할 수 있습니다. 만약 우리가 자유를 포기한다면, 다른 사람이 대신 결정하게 됩니다. 우리가 자유를 사용하지 않으면 그리고 자유를 요구하지 않으면, 자유는 어디론가 사라지게 되는 것입니다.

날마다 아끼고 소중하게 다루면서 자유를 누릴 수 있다면, 이 세상은 모두 나의 소유입니다.

목욕을 하듯이, 날마다 나의 자유를 연습해야 합니다. 어떤 사람도 나 대신에 그 일을 할 수는 없습니다.

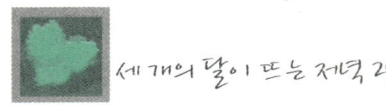

만약 아무런 고난도 없는 것이 인생이라면
모든 꿈이 저절로 이루어진다면
그런 인생에는 매력도 없을 것이다

항상 행복한 순간이 찾아오는 것은 아닙니다. 만약 우
리의 인생에서 즐거운 일만 일어난다면, 나중에는 습관처
럼 되어서 더 이상 행복을 귀하고 소중한 것으로 생각하
지 않을 것입니다. 너무 지나친 칭찬은 오히려 원래 가지
고 있던 향기로움을 잃어버리게 만듭니다. 모든 일에 중
용을 지키는 것은 가장 커다란 만족을 얻을 수 있는 방법
입니다.

우리는 인생의 가치를 소홀히 여기는 경우가 있습니
다. 그래서 열정을 기울이지도 않고 별로 노력도 하지 않
으면서, 무엇이든지 우리가 생각하는 대로 이루어지기를
갈망합니다. 단지 결과에 주목하면서, 안정과 평화 그리

고 행복만을 기다리는 것입니다.

하지만 인생이 그런 식으로 다가온다면, 우리는 미래의 가능성에 대해 흥미를 잃어버릴 것입니다. 인생의 신비는 우리가 간절하게 원하고 노력하는 나날의 거친 물결 속에 자리잡고 있습니다.

인생은 우리에게 끝없이 도전합니다. 즐거운 일도 그리고 괴로운 일도 그 속에 숨어 있습니다. 즐거운 경험 속에는 행복이, 괴로운 경험 속에는 지혜가 깃들여 있습니다.

삶은 즐거움과 고통, 행복과 슬픔까지도 포함하고 있습니다. 그러한 요소들은 나에게 성장의 밑거름을 제공합니다.

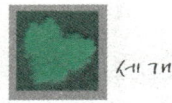

나는 오늘을 살고 있기 때문에
내일은 아무런 문제도 되지 않는다

지금 맞이하고 있는 하루는 인생이 우리에게 약속한 행복입니다. 그 약속은 우리가 대면하고 있는 가능성의 뿌리가 곧 과거에 놓여 있다는 사실을 보여주는 것입니다. 과거의 노력은 현재를 거치면서 곧바로 미래의 결실로 이어집니다.

발전은 성장을 의미합니다. 그리고 모든 생명은 성장의 과정을 겪고 있습니다. 모든 일에 최선을 다하고 있다면, 미래는 더욱 행복한 모습으로 다가올 것입니다.

인생은 우리에게 많은 것을 가르쳐 주고 있습니다. 지금 벌어지는 상황에 그 나름대로의 목적이 있다는 사실을 알게 된다면, 우리의 불안은 사라질 것입니다.

미래는 언제나 미래가 아닙니다. 미래는 조금씩 현재

로 변하고 있습니다. 그렇기 때문에 우리는 항상 미래를 바라보면서 살아가야 합니다. 우리가 하는 일은 미래에 빛을 던지는 것입니다. 어제 혹은 지난해의 일을 교훈으로 삼으면서 내일을 향해 걸어갑니다.

하지만 무엇보다도 중요한 것은 현재입니다. 지금 바로 나의 인생을 설계할 수 있어야 합니다. 그것은 우리가 선택한 운명의 비밀을 풀어 나가는 데 커다란 도움을 줄 것입니다.

나는 지금 평화를 누리고 있습니다. 신은 내가 필요로 하는 모든 것들을 잘 처리할 것입니다.

사람들이 누구나 꿈꾸는 것을 꿈꾸는 행동은
현명한 일도, 어리석은 일도 아니다
그것은 성공을 누리는 인생도, 패배에 젖은 인생도 아
니다

꿈은 누구나 가지고 있습니다. 그 꿈은 아주 자연스러운
것입니다. 철없는 어린아이도, 나이 많은 노인도 꿈을 가
지고 살아갑니다. 꿈은 영혼의 한 부분이기 때문에 마음대
로 처리할 수가 없습니다. 하지만 우리는 깨어 있을 때, 꿈
과 희망을 이루기 위해 자유롭게 행동할 수 있습니다.

그런데 우리는 과거를 돌아보면서 슬픔이나 분노를 억
지로 억누르기도 합니다. 차라리 고난을 피하기 위해 꿈
을 꾸지 않기를 원하는 경우도 있습니다. 하지만 이러한
행동은 불행을 몇 배나 크게 만드는 일입니다. 왜냐하면
감정을 숨기거나 꿈을 포기하는 것은 인생을 버리는 것

과 같은 일이기 때문입니다.

감정은 자연스럽게 흘러가도록 가만히 두는 것이 현명합니다. 강물을 무조건 가두려고만 한다면, 나중에는 둑을 무너뜨리고 흘러 넘칠 것입니다. 우리가 다스릴 수 없는 것은 자연의 순리에 맡길 수 있어야 합니다. 억지로 그런 부분을 통제하는 것은 또 다른 문제를 만들게 됩니다.

꿈을 꾸면서, 그 꿈을 이루기 위해 우리는 최선의 노력을 기울이고 있습니다.

만약 내가 나의 꿈과 감정을 숨긴다면 나는 그것을 적으로 만드는 것입니다.

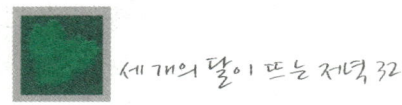

모든 위험에서 벗어나면
다시 태어날 수 있는 기회가 다가온다

삶의 지혜는 평탄한 길을 가면서 얻는 것이 아니라, 격렬하고 힘겨운 싸움을 통해 획득하는 것입니다. 고통스러운 시기를 거치면서, 우리는 더 성숙한 사람이 되려면 무엇이 필요한 것인지 알게 됩니다.

우리는 삶의 도전을 새로운 도약의 기회로 받아들일 수 있어야 합니다. 아무런 문제도 없고 도전도 없다면, 우리는 더 이상 성장하지 못하고, 행복도 사라질 것입니다.

삶은 지혜를 배우는 과정의 연속입니다. 우리는 위기의 순간을 극복하면서, 더 넓은 지혜의 바다로 들어갈 수 있습니다. 지난날에 무수히 겪었던 고난을 통해 우리는 미래를 향한 도약의 발판을 마련할 수 있었습니다.

위기를 맞이하며 우리가 성장한다는 사실을 깊이 인식

하면, 그 상처를 더욱 수월하게 견딜 수 있습니다. 가끔씩 우리가 즐기는 여유는, 새로운 발전을 준비하면서 힘을 비축하는 데 도움을 줍니다.

모든 경험은 과거에 그 뿌리를 두면서 미래를 향하고 있습니다. 나는 내가 부딪히는 모든 것들을 믿으면서, 도움을 얻기 위해 준비할 것입니다.

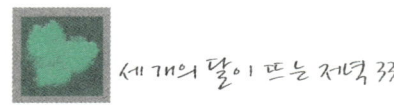

당신이 상상할 수 있는 것이라면 그것을 성취할 수 있다
당신이 꿈꿀 수 있는 모습이라면 그렇게 변할 수 있다

우리의 꿈은 새로운 목표를 정하고 새로운 일을 시도하고 한 장의 지도도 없이 여행하는 모험을 가능하도록 만들고 있습니다. 우리는 꿈을 꾸면서, 미지의 영역에 발을 내딛는 것입니다.

꿈이 가리키는 방향을 따라 걸어가면, 우리는 도중에 많은 길동무를 만나게 됩니다. 도움을 주기 위해 이따금 서로를 격려하기도 합니다. 희망이라는 이정표가 우리를 기다리고 있습니다.

우리의 내부에는 다양한 능력이 깃들여 있습니다. 하지만 그 능력을 깨닫지 못하고, 무슨 일이 생겼을 때 두려움에 몸을 떠는 경우가 많습니다. 과거에 그 일을 하지 못했기 때문에 지금도 역시 그럴 거라고 짐작하는 것입니다. 그러기에 성공을 통해 얻을 수 있는 성취감과 행복은 미리부터 차단되고 맙니다.

우리는 자신이 가진 능력에는 별로 관심을 기울이지 않고 걱정부터 합니다. 그리고 아무리 작은 것일지라도 실패에 유난히 집착하는 것이 우리의 자화상입니다. 하지만 시간이 흐르면서 우리는 더 성숙하게 됩니다. 일을 처리할 수 있는 능력이 그만큼 커진 것입니다.

아침이 밝아오면, 우리는 창문을 활짝 열고 해를 바라봅니다. 그리고 심호흡을 하면서, 하루를 다시 시작하기 위한 준비를 합니다.

나는 많은 일을 달성하게 될 것입니다. 그것은 과거의 꿈을 보여주는 지표입니다. 또한 오늘 품고 있는 희망을 미래에 이루게 될 업적을 향해 나를 이끌고 있습니다. 몇 번의 실패조차도 계속해서 나의 길을 가도록 도와줄 것입니다.

믿음의 나무는 바람에 흔들리지 않습니다. 사랑의 기반은 믿음으로 형성됩니다.

하지만 그 믿음 속으로 도약하는 일은 참으로 어려운 일입니다.

평화는 우리의 영혼 속에 집을 짓습니다.

그리고 그 집의 문을 열 수 있는 것은 사랑뿐입니다. 사랑을 나누면서 평온한 마음을 품을 때, 우리는 그 축복을 맛볼 수 있습니다. 평소에 우리는 너무나 많은 행복과 너무나 많은 숨겨진 보물들을 그냥 지나치고 있습니다. 이 장소에서 저 장소로, 이 사람을 만나고 다시 저 사람을 만나면서, 이 경험에서 저 경험으로 정신없이 바쁘게 뛰어다니기 때문입니다.

그러나 참으로 중요한 것은 지금 바로 우리 앞에서 벌어지고 있는 일입니다.

지금 이 순간은 두 번 다시 돌아오지 않습니다.

우리는 이 세상에서 단 한 번 인생을 살아가고 있습니다. 모든 나날들이 축복입니다.

아무리 혹독한 시련이라도 몇 달 혹은 몇 년이 흐르고 나면

신의 축복이었다는 사실을 알게 될 것입니다.

이제 우리는 과거의 고통스러운 순간이 어떤 의미를 가지고 있었는지 알 수 있습니다.

그리고 당신의
사랑을 담은 우화

인생이란 베틀은
얼마나 이상하고 신비로운 무늬를 엮어가는가!

우리가 만나게 되는 한 순간 한 순간의 경험이 인생이라는 커다란 밑그림의 일부를 이루고 있습니다. 지금 우리가 내딛는 한 걸음이 그리고 우리가 걸어가는 이 길이 모두 다 우연은 아닙니다. 우리는 저마다의 운명을 가지고 이 땅에 태어났습니다. 과거에 지나갔던 길을 다시 걸어갈 수도 있고, 기분에 따라 행로를 바꿀 수도 있습니다.

지금 서 있는 자리에서 뒤를 돌아보면, 우리의 인생이 가까운 사람들에 의해 커다란 영향을 받았다는 사실을 알 수 있습니다. 그리고 우리의 존재 또한 다른 사람들의 인생에 커다란 영향을 미치고 있었습니다.

우리는 많은 사건을 대하면서 살아갑니다. 하지만 대부분의 경우에 우리는 그 사건이 어떤 영향을 미치게 되

는지 결코 예측할 수가 없습니다. 우리는 어떤 경험을 도저히 감당할 수 없을 것 같아서 두려움에 사로잡히는 경우도 있습니다. 어쩌면 우리는 지금도 새로운 경험에 대한 두려움과 싸우고 있는지도 모릅니다. 그렇지만 어떤 경험이라도 우리의 인생을 엮어나가는 일에 반드시 필요합니다.

나는 풍요로운 사랑을 받아들일 것입니다. 나의 인생은 나만의 독특하고 정교한 무늬로 엮어지고 있습니다.

 그리고 당신의 사랑을 담은 우화 2

누구나 타고난 재능이 있다
다만 그 재능이 인도하는 대로 따라갈 수 있는
용기와 결단이 부족할 뿐이다

나에게는 아무런 재능도 없다고 믿었던 시절이 있었습니다. 나에게 어떤 특별한 목적이나 혹은 세상에 나누어 줄 만한 재능이 있다고는 도저히 상상할 수 없었습니다. 하지만 그것은 사실이 아닙니다. 우리 모두는 여러 가지 특별한 재능을 가지고 있습니다. 만약 아직까지도 재능을 발견하지 못했다면, 머지않아 곧 발견하게 될 것입니다.

잠재되어 있는 재능을 완전히 개발하면 우리는 새로운 일과 새로운 친구를 만날 수 있고, 낯선 미지의 세계로 들어갈 수도 있습니다. 새로운 지평선이 열릴 것이라는 전망은 우리를 몹시 흥분시킵니다. 다른 한편으로는 두려운 생각을 불러일으킬 수도 있습니다.

그러나 우리가 극복하지 못할 정도로 커다란 문제가 없는 것처럼, 우리가 개발하지 못할 재능도 없는 것입니다. 굳은 신념만 있다면, 앞으로 나아가려는 노력은 언제나 분명한 결실을 가져오게 됩니다.

나는 잠재되어 있는 재능을 발전하기 위해 노력합니다. 또한 내 친구의 재능도 찾아낼 것입니다. 나는 그 재능을 멋지게 발휘할 수 있습니다. 머지않아 그것을 사용할 수 있는 방법 또한 알게 될 것입니다.

어떤 아이들은 당신이 말하는 것을 조용히 듣는다
어떤 아이들은 당신이 말하는 대로 행동한다
하지만 모든 아이들이 당신이 하는 행동을 따라 한다

수많은 사람들이 우리의 행동을 지켜보고 있습니다. 어린아이들, 가까운 친구 혹은 사랑을 나누는 연인……. 그들의 눈은 우리가 모범을 보이기를 기대하고 있습니다.

인생을 살아간다는 것은 좀 더 잘하기 위한 연습이며 과정입니다. 완벽한 것은 단지 희망사항일 뿐입니다. 우리는 더 이상 어제 한 행동이나 지난주에 일어난 일에 대해 후회를 하지 말아야 합니다. 나의 행동을 통제하는 방법도 알아야 하겠지만, 더욱 중요한 것은 자신의 진정한 가치를 발견하는 일입니다.

지금 우리가 맞이하고 있는 어려운 상황에 신중하게 반응하기 위해서는 먼저, 일어난 사건 하나하나에 대해

세심한 주의를 기울이는 것이 필요합니다. 그리고 언제나 행동이 나의 성격과 가치 그리고 가까운 사람들에 대한 생각을 간접적으로 말하고 있다는 사실을 명심해야만 합니다. 우리는 존경하는 사람들의 행동을 의식적으로나 무의식적으로 모방하기 마련입니다. 불행하게도 때때로 우리는 전혀 가치없는 행동을 모방하기도 합니다.

우리의 삶을 주목하고 있는 사람들이 있습니다. 바람직한 행동을 제시할 기회가 기다리고 있는 것입니다.

사람들은 내가 이끄는 대로 따라오고 있습니다. 그러므로 나는 부드럽고 겸손하고 사랑스럽게 걸어갈 것입니다.

우리의 인생은
그 순간에는 너무나 중요하고 심각한 것처럼 보이지만
다음 순간에는 너무나 하찮고 부조리하게 느껴지는 욕망
들로 가득하다
하지만 우리는 결국 인생의 끝에서 가장 좋은 열매를
얻게 될 것이다

욕망은 항상 우리를 끌어당기고 있습니다. 어쩌면 충
족되지 못한 욕망이 많다는 사실에 대해 우리는 고맙게
생각해야 하는지도 모릅니다. 선하지 않은 욕망은 결국
불필요하고 고통스러운 경험만을 불러오기 때문입니다.

우리는 더 좋은 성적을 받게 되기를 원하거나, 더 멋진
관계를 맺는 것을 원하면서도 그저 가만히 앉아 있을 때
가 많습니다. 바로 손안에 들어 있는 기회조차도 그것이
인생이라는 연극에서 다음 장으로 넘어가는 초대권이라

는 사실을 알지 못하고 놓쳐 버리는 경우가 흔합니다.

우리는 작은 지도를 앞에 놓고 있습니다. 인생이라는 먼길을 가는 데 진정 무엇이 필요한지도 모르는 것입니다. 우리의 욕망이 순수하다면, 그것은 우리를 올바른 목적지로 인도할 것입니다. 그리고 우리에게 영감을 불어넣을 것입니다.

하지만 이기심에서 생겨난 욕망은 우리를 빗나간 길로 인도할 뿐입니다. 과거에 우리는 이러한 욕망들을 포기하지 않았습니다. 그렇기 때문에 아직도 고통스러운 기억이 남아 있습니다.

사랑의 뜻대로 살아가는 것이 나에게 가장 유익합니다.

 그리고 당신의 사랑을 담은 우화 5

우리는 어두운 굴의 끝에서 빛을 보았다
그리고 밖으로 나오게 되었다
어둠을 헤치고 굴의 끝으로 나가는 일
그것은 대단히 힘들고 고통스러운 과정의 연속이었다

인생의 출구를 발견하는 일은 몹시 어려운 일입니다.
마치 굴 속에 들어 있는 것처럼 사방이 보이지 않을 때,
우리는 내면의 목소리에 따라 길을 걸어갑니다. 그리고
내가 어떤 모습을 하고 있는지 되돌아보게 됩니다.

당장이라도 그 자리에 주저앉고 싶을 때, 실패의 책임
을 다른 사람에게 돌리고 싶은 유혹은 언제나 있습니다.
아마도 지난날에는 나의 불행에 대하여 다른 사람을 원망
하면서 몇 주일 혹은 몇 년을 낭비한 적도 있을 것입니다.

때로는 충분한 사랑을 받지 못했다고 부모님들을 원망
할 수도 있습니다. 때로는 연인이 나쁜 사람이라고 욕할

수도 있습니다. 다른 사람들이 우리의 삶에 영향을 미치는 것은 사실입니다. 하지만 그들이 우리를 지배하고 영향을 미치고 수치스럽게 만들도록 내버려 두었던 것은 바로 나 자신입니다.

지금 이 순간에는 새로운 시간이 흐르고 있습니다. 우리는 언제나 낡은 방식을 버리고 미래로 도약할 수 있습니다. 내가 누구이며 그리고 어떻게 살아가기를 원하는지에 대해 배우고 있는 것입니다.

우리가 서로에게 특별한 의미를 부여할 수 있다는 것은 몹시 즐거운 일입니다. 절망과 좌절이 지배하던 과거는 이미 지나갔습니다. 우리는 미래의 땅으로 전진하는 것을 선택했습니다.

나는 현재를 응시할 것입니다. 항상 새로운 하루입니다.

목적을 가지고 여행을 하는 것은 좋은 일이다
그러나 결국 문제가 되는 것은 여행 그 자체라고 할 수
있다

목표는 우리의 인생에 방향을 제시하고 있습니다. 내가 누구인지, 또 어디로 가기를 원하는지 알아야 합니다. 하지만 충실하게 살아가면, 인생이라는 여행 그 자체에서도 커다란 만족감을 얻을 수 있습니다.

가끔씩 우리는 목표를 달성하는 과정에 눈이 멀어서, 그 목표에 도달하도록 만들어 주는 하루하루의 삶에 대해서는 무관심할 때가 많습니다.

"대학을 졸업하면 나는 완전히 달라질 거야."

"이 문제가 정리된 후에 다시 일에 몰두할 수 있겠지."

"새로운 직업을 구하게 되면 모든 문제가 다 해결될 거야."

우리는 이런 유혹에 젖어 있습니다. '어느 시기가 되면' 인생을 새롭게 시작할 수 있겠지. 이러한 태도가 생각을 지배하게 되면, 우리는 더불어 살아갈 기회를 놓치게 됩니다.

우리의 인생에서 이미 달성한 목표를 되돌아보면, 한 가지 일을 무사히 끝내고 난 후에 곧 뒤따라오는 것은 긍지와 자부심이었습니다. 우리가 땀을 흘리면서 수고한 그 시간과 나날들은 몇 주일 혹은 몇 달이 지난 다음에도 여전히 아름답게 빛날 것입니다.

나는 날마다 신을 기억하고 즐거운 마음을 가질 수 있다는 사실을 잊지 않습니다.

그리고 당신의 사랑을 담은 우화 7

창조란 분위기를 새롭게 바꾸는 것이다
창조의 물결이 밀려오면
우리는 그 흐름을 타고 전진할 수 있다
그러나 일단 그 흐름을 통제하기 시작하면
이내 창조의 힘은 사라져 버린다

이기심을 버리고 탐욕스러운 자아로부터 멀리 벗어날 때, 우리는 따스한 온기를 느낍니다. 하지만 자아는 계속해서 지난날의 행동방식이나 두려움 속에 우리를 가두어 놓으려고 합니다. 나쁜 습관을 그대로 간직하려고 몸부림치는 것입니다.

무거운 짐을 내려놓고 미래를 응시할 수 있어야 합니다. 그 무거운 짐으로 인해 우리는 현실을 올바르게 인식하지 못했습니다. 우리는 모든 방해물을 없애버리고 힘차게 전진하기 위해 노력하고 있습니다.

창조적으로 살아간다는 것은 시대의 흐름 속에서 호흡한다는 의미입니다. 그 흐름을 강제로 통제하는 것이 아니라, 그 흐름을 믿고 능동적으로 함께 움직이는 것을 의미합니다. 저항하거나 의심하지 않으면서 자아를 내맡길 때, 우리는 영적으로 충만해집니다.

우리에게 가장 중요한 열쇠는, 살아 있다는 느낌을 주고 삶에 대한 사랑을 일깨워 주는 활동이 과연 무엇인지 찾아내는 일입니다. 그리고 가능한 많은 시간을 바로 그 활동에 투자할 수 있도록 노력하는 것입니다.

나의 창조력은 오직 발현되는 순간만을 기다리고 있습니다. 그것은 바로 저기에 놓여 있습니다. 나는 창조력을 자유롭게 풀어놓을 것입니다.

 그리고 당신의 사랑을 담은 우화 8

사랑은 수백 가지의 상냥한 표정을 가지고 있다

과거를 그냥 흘려 보내는 것은 현명한 행동입니다. 어쩌면 그런 행동은 많은 사람들에게 회의적인 시선으로 보일 수 있습니다. 하지만 더 크고 소중한 것을 얻기 위해 먼저 버리는 과정이 필요합니다.

우리의 자아는 아무리 사소한 경험이라도 소홀하게 여기지 않습니다. 모든 경험이 삶을 살아가는 여정의 일부를 이루고 있습니다.

우리는 과거의 행복한 추억을 가슴에 담고 있습니다. 하지만 과거의 상처에 집착하기도 합니다. 과거에 집착하려는 태도는 현재에 어두운 먹구름을 던집니다. 우리의 마음이 아직까지도 지나간 일에 사로잡혀 있다면, 현재와 미래의 가능성을 전혀 볼 수가 없습니다.

나에 대한 믿음이 있다면, 과거를 더욱 쉽게 정리할 수

있습니다. 좋은 기억이나 나쁜 기억 혹은 사랑이거나 슬픔이거나 이미 지나간 경험은 그것으로 끝을 맺어야 합니다. 모든 경험이 우리의 성장과 성숙에 도움이 된다는 사실을 기억한다면, 더욱 위로가 될 것입니다.

현재의 여행은 어제와 내일의 여행과 깊은 관련을 맺고 있습니다. 나는 항상 다음 순간에 대비할 것입니다.

진정 아름다운 사람이 되는 것보다
차라리 거인이 되는 것이 더욱 쉬운 일이다

다른 사람의 장점을 발견하는 것은 나의 영혼을 위해 서도 아주 좋은 일입니다. 우리가 다른 사람의 존경할 만 한 장점들을 솔직히 인정할 때마다 자기애와 자긍심은 점점 더 커지게 됩니다.

우리는 가끔씩 자신이 얼마나 형편없는가를 평가하기 위해, 나와 다른 사람을 서로 비교하기도 합니다. 그는 나 보다 더 잘생겼고 똑똑하고 재치있고 매력적이라는 생각 을 하면서, 열등감에 사로잡히는 것입니다. 그리고 매사 에 부정적이고 시기하는 감정을 느끼게 됩니다.

다른 사람에 대한 사랑과 칭찬이 우리의 모습을 바꾸어 놓는다는 것은 엄연한 사실입니다. 다시 말하자면 그것은 우리의 영혼을 윤기있게 다듬어 줍니다. 향상된 나의 모

습은 어떤 나쁜 성품이라도 사라지게 할 수 있습니다.

칭찬은 우리의 마음을 부드럽게 만들고, 비판은 우리의 마음을 딱딱하게 만듭니다. 우리는 원하는 것은 무엇이든지 할 수 있습니다. 우리가 기꺼운 마음으로 사랑과 칭찬을 베풀 때, 다른 사람의 사랑을 받을 수 있습니다.

다른 사람을 돕는 것은 우리가 성장할 수 있는 좋은 기회가 됩니다. 그리고 그것은 성공적인 삶을 영위하기 위해 반드시 필요한 것입니다.

나는 다른 사람의 장점을 발견하고 칭찬할 것입니다.

아름답고 이타적이며 긍정적인 성품은
곧 많은 사람들을 감화시켜서
도시 전체의 분위기를 완전히 바꾸어 놓을 수도 있다

어느 누구라도 웃음과 희망을 불러일으키면서 우리를 변화시키는 그런 사람을 만난 적이 있을 것입니다. 그리고 누구나 그런 사람들을 또다시 만나기를 기대할 것입니다. 그들의 존재는 우리에게 어떤 난관을 만날지라도 극복할 수 있다는 믿음을 심어줍니다.

그러나 다른 사람의 마음속에 영감을 불러일으킬 수 있는 특별한 재능은 또한 나 자신의 것이기도 합니다. 영감은 우리의 영혼 속에서 길어 올리는 것이기 때문입니다.

우리는 필요한 힘을 얻기 위해 기도할 수 있습니다. 그러면 얻을 것입니다. 또한 앞으로 갈 길을 인도하고 우리의 걸음을 지켜 달라고 요청할 수 있습니다. 우리의 놀라

운 재능은 바로 자기 자신과의 관계에서 비롯된 것입니다.

복잡한 생활에 쫓겨서 정신을 잃어버리기 전에, 우리는 더 높은 영적인 차원과 관계를 맺기 위해 명상의 시간을 가져야만 합니다. 찬란한 영감은 바로 우리의 내부에 살아 있는 것입니다. 그리고 우리에게 앞으로 달려가라고 말합니다. 우리의 길은 환하게 빛날 것입니다.

나의 인생은 환하게 빛날 것이며, 무거운 짐도 벗어 던지게 될 것입니다. 영감의 선물을 받기 위해 기도할 때마다, 나의 소망은 현실로 나타나게 됩니다.

모든 사람의 인생 중에는
행복을 잡을 수 있도록 약속된 시간이 있다
그 순간을 놓치지만 않는다면 말이다

영혼을 풍요롭게 할 수 있는 방법은 어린아이의 말에 귀를 기울이는 것입니다. 어린아이의 영혼은 완전하며, 아직 분열되지 않았습니다. 마음의 상처를 치료받고 싶다면, 어린 시절의 나를 돌아보는 것이 좋습니다.

잠시라도 우리가 진정한 자아를 가지고 있다는 느낌이 들었던 순간이 있었습니까? 때때로 우리는 영혼의 완전함이 어떤 것인지를 순간적으로나마 경험하곤 합니다. 그러나 나머지 대부분의 시간은 갈등과 초조와 분열된 마음속에서 투쟁하며 살아갑니다.

수동적으로 고통을 참고 인내하기만 하는 것은 죄악입니다. 행동할 수 있는 무한한 능력이 우리의 내부에 깃들

여 있다는 점을 잊지 말아야 합니다. 그러므로 우리는 항상 '나에게 가능한 활동영역은 무엇일까? 나의 삶을 더욱 풍요롭게 만들기 위해 내가 할 수 있는 일은 무엇일까?' 하는 문제에 대해 관심을 기울여야만 하는 것입니다.

　어린아이의 마음을 가득 채우고 있는 것은 사랑입니다. 그 사랑이 마음껏 피어날 수 있도록 자유롭게 살아간다면, 우리는 항상 아름다운 삶을 누릴 수 있습니다.

　조화와 진실에 대한 나의 발견을 믿을 수 있습니다. 그리고 나의 영적인 풍요로움에 대해 감사할 수 있어야 합니다.

인간의 영혼은
하늘보다도 광대하며 바다보다도 깊은,
바닥이 없는 중심의 심연과도 같은 것이다

우리는 누구나 무조건적인 사랑과 우정을 받을 만한 자격이 있습니다. 또한 과거에나 현재에나 우리의 인생 속에서 만나는 사람들은 누구나 우리의 무조건적인 사랑과 우정을 받을 만한 가치가 있습니다. 그러나 우리가 언제나 무조건적인 사랑을 받거나, 혹은 나누어주고 있는지에 대해서는 참으로 의심하지 않을 수 없습니다.

결점을 발견하는 것, 혹은 너무 지나친 기대를 품는 것은 어쩌면 당연한 일입니다. 그러나 그로 인하여 우리는 대가를 치러야 합니다. 평화롭고 만족스러운 인생을 경험하는 대신에 우리는 종종 다른 사람을 비판하고 판단하면서, 언제나 불만을 느끼는 것입니다.

우리가 다른 사람에게 할 수 있는 가장 커다란 도움은 바로 믿음입니다. 연인이나 친구들에게 우리가 진심으로 사랑하고 있다는 사실을 알려주는 것입니다. 만약 그렇게 할 수 있다면, 우리가 그토록 갈망했던 사랑이 다시 돌아오게 됩니다.

사랑의 믿음을 받는 순간, 우리는 커다란 행복을 얻을 수 있습니다. 사랑의 믿음을 줄 때에도 역시 똑같은 행복을 느낄 것입니다.

인정받고 있다는 느낌을 갖도록 다른 사람들을 도와주는 것은 참으로 기분 좋은 일입니다.

 그리고 당신의 사랑을 담은 우화 13

진실한 우정은
당신의 내부에서 진정한 평화를 발견할 수 있을 때
비로소 경험할 수 있는 것이다

나를 숨기지 않고 모두 드러낼 수 있을 때, 우정은 꽃을 피울 수 있습니다. 비록 고통스러운 일이라고 해도 감추려고 하지 말아야 합니다. 그런 일에는 반대와 비판 그리고 아마 비웃음이라는 위험이 뒤따를 수도 있습니다. 그러나 그것은 우리를 평화에 이르게 하는 지름길입니다.

날마다 우리는 자아를 만들어 가고 있습니다. 그리고 조금씩 평화를 누리게 됩니다. 우리가 다른 사람의 요청에 귀를 기울일 때, 우리는 행복의 바다가 가까이 다가오는 것을 느낄 수 있습니다.

우리가 계속 스스로 무력하다고 생각하는 한, 평화는 찾아오지 않습니다. 우리를 억누르는 조건들이 무엇이든

간에 그것들에 저항함으로써, 우리의 힘은 점점 더 커질 것입니다. 우정을 나누는 것은 삶의 만족과 행복을 높이는 길입니다. 그 속에 평화가 깃들여 있습니다.

이 세상에 창조적인 정신을 널리 보급할 때, 세상은 더욱 평화로워질 것입니다. 그리고 삶의 다양한 문제들도 잘 해결할 수 있습니다. 평화는 바로 우리가 일구어 가는 것입니다.

우정은 누군가를 돕는 것이고, 누군가가 나를 도울 수 있도록 하는 일입니다. 그것은 평화가 충만한 삶을 가져올 것입니다.

 그리고 당신의 사랑을 담은 우화 14

고귀한 행동과 열정에 흠뻑 젖어드는 것은
우울증에서 벗어나는 데 가장 좋은 약이다

우울증은 스스로를 먹고 자랍니다. 우울증에 대해 관심을 기울이면 기울일수록, 증세는 더욱 심각하게 나타납니다.

이 세상에는 우리의 관심을 필요로 하는 곳이 아주 많습니다. 가까이 있는 친구를 바라보는 것도 좋습니다. 그 친구는 삶의 방향을 결정하기 위해 부단히 노력하고 있습니다. 우리는 그 친구에게 귀를 기울일 수 있습니다.

누군가를 위하여 어떤 일을 도와주는 과정을 통해 우리의 문제를 해결하기 위한 실마리를 발견할 수도 있습니다. 단지 어떤 일을 한다는 것, 그 자체만으로도 우리의 영혼은 활기를 얻을 수 있습니다. 아무리 작은 행동이라도 실천에 옮길 때, 우리는 그 변화를 감지할 수 있습니

다. 다른 사람들에게 이익을 주는 행동은 우리에게도 이익을 보장합니다.

자기 연민에 빠진 사람의 경우에 우울증은 더욱 심각한 증세입니다. 나에 대해 연민을 품지 말고, 하고 싶은 대로 마음껏 활동하는 것이 좋습니다. 그러한 행동은 나에 대한 존중과 사랑과 긍정을 나타내는 것입니다.

우울증은 나약한 마음 때문에 생기는 것입니다. 내가 언제든지 극복할 수 있는 우울증. 나는 마음속의 문제를 잠시 밀어두고 삶을 즐길 수 있습니다.

믿음의 나무는 바람에 흔들리지 않는다
나는 이미 오래 전에
확신에서 솟아난 믿음이 아니면 무엇이든지 전혀 믿을
수 없다는 사실을 깨달았다

믿음은 단단한 뿌리를 가지고 있습니다. 그런데 우리
는 지금까지 무엇을 믿으면서 살아왔을까요? 아마도 상
황에 따라 가장 편리한 대로 믿고 살았을 것입니다. 그리
고 새로운 환경에 처했을 때에는 쉽사리 경계를 뛰어넘
곤 했을 것입니다.

분명한 가치기준이 없는 상황에서 나의 모습에 강한
믿음을 가지고 확신을 품기란 무척이나 어려운 일입니
다. 우리의 가치관은 우리가 누구인지를 정의하고 있습
니다. 또한 수많은 선택이 주어졌을 때, 우리에게 방향을
제시하기도 합니다.

가치관은 아무런 말도 없이 우리에게 책임있는 행동을 요구합니다. 우리의 가치관과 서로 조화를 이루면서 살아갈 때, 평화가 찾아옵니다.

진정으로 우리가 믿고 있는 것이 어떤 것인지도 모르는 채 이쪽에서 저쪽으로, 저쪽에서 다시 이쪽으로 경계를 넘어다니던 시절도 이제는 지나간 일이 되었습니다. 우리는 분명한 인생계획을 가지고 수많은 불확실성과 내적인 갈등을 지워 나갈 것입니다.

내가 인정할 수 있는 것에 관하여 명확한 태도를 보일 것입니다. 나는 내가 누구인지, 또 무엇을 믿고 있는지 알고 있습니다. 다만 그것에 따라 행동하면 됩니다.

좌절은 항상 승리할 수 없다는 사실을 알려주고 있다
그것은 우리에게 어떻게 패배에 대처할 것인지
배울 수 있는 기회를 제공한다
그리고 다시 승리할 수 있는 방법을 제시하고 있다

너무나 많은 사람들에게 수치심은 늘 따라다니는 짐입니다. 과거의 흔적으로부터 자유로운 사람은 아무도 없습니다. 이 땅에서 살아가는 거의 모든 사람들이 어떤 행동에 대해 후회를 경험합니다.

좌절을 언제나 피할 수는 없습니다. 우리는 다만 경험을 통해 점점 성장하고 수치심을 극복하면서, 행복을 가꾸는 것입니다. 날마다 우리는 새로운 시작을 맞이합니다. 이미 지나간 일들은 현재의 우리를 더욱 풍요롭게 만들 수 있습니다.

수많은 경험을 겪으면서 우리는 지금까지 생명을 누려

왔습니다. 그리고 새로운 길을 모색하고 있는 다른 사람들에게 도움을 주기 위하여 노력했던 것입니다.

우리는 수치심을 버릴 수 있습니다. 그 대신에 우리의 경험이 다른 사람들에게 지혜를 제공할 수 있다는 사실을 깨닫게 되었습니다. 한 번도 좌절을 경험하지 않았던 사람은 없습니다. 우리의 시련은 다른 사람들이 더욱 순조롭게 항해할 수 있도록 도와줄 것입니다.

나는 가까이 있는 행복을 맛볼 것입니다. 그리고 나의 지혜를 서로 나눌 수 있습니다. 모든 고통스러운 과거는 누군가의 미래를 환하게 밝힙니다.

 그리고 당신의 사랑을 담은 우화 17

어린아이들은 신이 주신 가장 커다란 선물이며
가장 진실한 도전이다
겸손한 자세로 어린아이들과 함께 인생을 나눌 때
당신은 가장 아름다운 비밀을 발견하고 배울 수 있을
것이다

다른 사람의 말에 진지하게 귀를 기울이고 배우면서
나 자신을 변화시킬 때마다, 항상 겸손이 따라다니고 있
습니다. 우리가 몸과 마음을 다해 누군가와 사랑을 나눌
때, 그것은 인생을 밝히는 축복이 됩니다. 진실한 관심이
라는 선물을 주고받는 것은 우리의 감정적인 성장에 반
드시 필요한 것입니다.

우리는 자기 중심적인 연민에 사로잡혀서 가까운 사람
들의 고통이나 절망에 대해 무관심한 경우가 많습니다.
자아의 감옥에 갇힌 채 이기적인 근심에 빠져서 허우적

거릴 때, 우리의 성장은 멈추어 버립니다.

지금도 우리는 그 속에서 헤어나지 못하고 있는지도 모릅니다. 그러나 새로운 날이 밝아오고 있습니다. 우리는 마음의 등불을 달고 아침을 맞이하기 위해 언덕을 오릅니다.

"무엇이 내 인생을 더욱 좋게 만들 수 있을까?"

만약 우리가 끊임없이 이런 질문을 던진다면, 더욱 행복한 존재가 될 수 있습니다. 그리고 우리가 인생에서 기대했던 것이 무엇이든지 간에 그 이상의 것을 얻을 수 있습니다.

만약 우연히 마주치는 모든 사람들과 가까이 지낸다면 인생의 많은 비밀들을 배울 수 있을 것입니다. 나는 그들이 그곳에 있다는 사실을 염두에 두고 있습니다. 항상 그들은 나에게 중요한 것을 줄 수 있습니다.

 그리고 당신의 사랑을 담은 우화 18

사랑의 기반은 믿음으로 형성된다
하지만 그 믿음 속으로 도약하는 일은 참으로 어려운
일이다

변화는 분명히 고통스러운 것입니다. 그러나 변화가
요구될 때, 변화하지 않는 것 또한 고통스러운 일입니다.
나 자신을 변화시키는 것은 하나의 결단이며, 언제나 가
능한 선택입니다.

우리는 한 순간 혁신을 일으킬 수 있습니다. 지금 우리
는 수치스럽거나 혹은 분노하거나 두려운 어떤 일을 하
고 있습니까? 그렇다면 그 행동을 벗어 던지고, 새로운
길을 선택할 수 있습니다. 만약 새로운 행동을 시도하기
위한 힘이나 믿음이 필요하다면, 그저 힘을 달라고 기도
하기만 하면 됩니다.

지금 우리가 겪고 있는 대부분의 갈등은 현실을 강제

로 통제하려 할 때 생기는 것입니다. 삶을 대하는 우리의 행동은 너무나 강압적이어서 때로는 고통스러운 저항에 직면하기도 합니다. 그럴 때에는 현실에서 한 걸음 물러서는 지혜도 필요합니다.

우리가 자아를 이끌 수 있을 때, 모든 경우에 올바른 행동으로 대처할 수 있습니다. 우리의 행동은 마음속에서 자연스레 흘러나오는 것입니다. 더 이상 태만하거나 무책임한 행동을 하지 않아야 합니다.

나는 '차이를 깨닫는 지혜'를 얻을 수 있습니다.

 그리고 당신의 사랑을 담은 우화 19

나의 작은 행동 변화가 다른 사람들의 행동에 영향을
미치고 많은 것을 바꿀 수 있다
모든 변화는 나의 행동에서 비롯되는 것이다

여기에 잔잔한 호수가 있습니다. 작은 돌을 던져 넣으
면, 수많은 파문이 동심원을 그리면서 퍼집니다. 우리의
행동은 마치 호수에 파문을 일으키는 돌과 같은 것입니
다. 아주 작은 행동 하나하나도 이 땅에 커다란 영향을 주
고 있습니다.

어떤 특별한 상황 속에서 내가 하는 행동은 그 일에 관
련된 많은 사람들에게 영향을 끼치고 있습니다. 난폭한
말 한 마디 혹은 한 번의 칭찬은 그 말을 듣는 사람의 가
슴에 커다란 흔적을 남겨놓게 됩니다.

지금 우리의 행동은 그 다음 순간에 이어지는 미래의
모습에 대해 결정적인 영향력을 행사합니다. 과거는 항

상 미래를 향해 손을 뻗치고 있습니다.

내가 화를 낸다면, 그 분노는 다시 나에게 돌아오게 됩니다. 하지만 사랑을 나누고 있다면, 그 사랑이 나를 부드럽게 포옹할 것입니다.

"뿌린 대로 거두리라."

이 말은 모든 행동의 기초가 되는 진리입니다. 다른 사람을 사랑하고 존중하는 행동은 좋은 습관이 될 수 있습니다.

나는 행동하면서 습관을 만들고 있습니다. 나는 항상 이 사실을 기억할 것입니다. 나쁜 습관만큼이나 좋은 습관도 쉽게 만들 수 있기 때문입니다.

진정 놀라운 일이다
육체는 얼마나 많은 힘을 뿜어낼 수 있고
그것을 다시 채울 수 있는지……
왜냐하면 당신은 결코
그러한 모든 힘이 어디에서 나오는지 모르고 있기 때
문이다

정열적인 사람들의 노력과 인내는 참으로 놀라운 것입
니다. 우리가 좋아하는 일 속에는 만족과 행복을 안겨주
는 마력이 깃들여 있습니다. 그런데 우리의 열정은 도대
체 어디에서 나오는 것일까요?

아침 식사나 빵, 생선에서 나오는 것은 분명히 아닙니
다. 그것은 더 영적인 차원에서 흘러나오고 있습니다. 나
자신을 완전히 잊어버릴 정도로 그 일에 열중하고 있을
때, 진정한 행복을 체험할 수 있습니다. 정원을 청소하면

서 그런 느낌에 몰입할 수도 있고, 피아노를 연주하면서 혹은 우표를 모으거나 수학 방정식을 풀면서 행복에 젖어들 수도 있습니다. 그 어떤 일이라도 아무런 상관이 없습니다.

현명한 사람들은 참된 자아를 찾아가는 일에 인생을 통째로 바치기도 합니다. 그러나 많은 사람들은 별로 노력을 기울이지도 않고 자아를 우연히 만나기를 기대하고 있습니다.

참된 자아는 우리의 정신 혹은 육체에 깃들여 있는 힘을 끌어내는 열쇠입니다. 우리는 아낌없는 사랑을 통해 그런 힘을 발휘할 수 있습니다.

어쩐지 힘이 없는 이유는 나 자신에게만 정신이 팔려 있기 때문입니다. 나의 힘을 새롭게 하는 데 필요한 것은 독선에서 벗어나는 일입니다.

 그리고 당신의 사랑을 담은 우화 21

우리는 교육을 받지 않았다
우리는 글을 쓸 줄도 읽을 줄도 모른다
그러나 땅과 가까이 있고 무엇이 중요한가를 알기 때문에 우리는 강하다

인생에서 가장 중요한 것은 무엇이 가장 의미있는 일인지 깨닫는 과정입니다. 지금 이 세상과 가치있는 모든 것들은 나만의 것입니다. 어느 누구도 그것을 바꿀 수 없습니다.

우리는 경험과 관찰을 통해 세상을 보는 시야를 넓히고 있습니다. 정서적으로 건강한 인생을 유지하려면 나의 감정을 솔직하게 밝힐 수 있어야 합니다. 그렇게 하는 과정을 통해 나는 다른 누군가가 아니라, 진정한 나 자신이 될 수 있는 것입니다.

나는 다른 사람을 지배하려고 하지 않습니다. 그리고

다른 사람이 나를 억압하도록 가만히 내버려 두지도 않을 것입니다. 나는 서로의 현실을 존중하고 있습니다. 그것은 우리가 평화롭게 살아갈 수 있는 유일한 방법입니다.

정직한 태도는 나의 생각을 널리 전파할 수 있는 특성을 지니고 있습니다. 언제나 정직하게 행동한다면 다른 사람이 나를 믿을 수 있기 때문입니다.

모든 것은 항상 나로부터 시작합니다. 나를 중심으로 하는 평화와 행복은 동심원을 그리면서 널리 퍼지고 있습니다. 우리는 서로 밀접하게 연결되어 있기 때문입니다. 우리가 서로를 존중한다면, 그 어떤 갈등 속에서도 조화를 이룰 수 있는 방법을 발견할 것입니다.

언제나 나에게 정직하다면, 나는 자아의 가장 좋은 스승입니다.

그대의 머리로 진리를 사색하고
그대의 손으로 탐구하고
그대의 두 발로 이 땅을 딛고 서라

우리가 새롭게 장만하는 물건에는 항상 책임이 따라옵니다. 자동차를 구입하면 보험에 들어야 하고, 컴퓨터에는 적당한 프로그램이 필요합니다. 새로운 기계를 설치하는 일에도 많은 경비가 들어갑니다. 처음에는 아무런 부담도 없이 물건을 구입하지만, 나중에는 그 소유물들이 우리를 억누르기 시작합니다. 세금과 월부금을 지불해야 하고, 관리비도 들어갑니다.

우리는 모든 것을 다 소유하고 싶은 욕망을 가지고 있습니다. 그러나 비록 아무것도 가진 것이 없더라도 우리는 충분히 만족할 수 있습니다. 어쩌면 아무것도 없는 마음이 모든 것을 가진 마음보다 더욱 넉넉할 수도 있는 것

입니다.

소유에 따른 책임이 무거운 짐으로 여겨진다면, 진정으로 우리가 원하는 것이 무엇인지 자문할 필요가 있습니다. 그것이 어떤 의미가 있는지 알지 못한 채 우리는 너무 많은 것을 소유합니다. 과연 우리가 소유하고 있는 물건 속에 행복이 있을까요? 아니면 불안을 달래기 위한 공허한 껍질에 불과한가요?

진정한 행복은 소유에 있는 것이 아니라 나눔 속에 깃들여 있습니다. 나눔은 행복의 시작입니다.

먼저 나를 신뢰할 수 있어야 합니다. 나는 그 모든 것을 사랑할 수 있습니다.

 그리고 당신의 사랑을 담은 우화 23

> 습관은 한 가닥 노끈이다
> 우리는 날마다 그것을 꼬고 있지만
> 풀어 낼 방법은 도무지 발견할 수 없다

삶이 진정 어렵고 힘들 때에도, 우리를 살아 있도록 하는 그 무엇이 마음속 어딘가에 간직되어 있다는 사실을 항상 되새겨야 합니다. 그것은 바로 우리의 영혼에 힘을 북돋아 주고 때로는 우리를 절망의 심연으로부터 건져 올리는 생명력입니다. 우리가 행복을 느끼든 혹은 불만을 느끼든, 가장 먼저 던져야 할 질문은 바로 이것입니다.

"무엇을 할 수 있을까? 지금 내 인생에서 놓치고 있는 것이 무엇일까? 이제 나는 그것을 되찾기 위해 무엇을 시작해야 하는 것일까?"

우리는 지금 서 있는 위치에서 훨씬 더 멀리 나갈 수 있기를 꿈꾸고 있습니다. 우리는 언제나 자신을 위해 좀

더 나은 것을 원했습니다. 그리고 때때로 희망찬 미래에 대한 전망으로 약간 흥분한 적도 있습니다.

가만히 앉아서 '멋진 인생'이 찾아오기만을 기다리는 것은 이미 지나간 과거의 행동방식입니다. 날마다 우리는 정해진 목표를 바라보면서, 한 걸음 혹은 두 걸음씩 걸어갈 수 있습니다. 진보는 만드는 곳에 있으며, 달성은 이루는 곳에 있는 것입니다. 우리의 마음속에 담겨 있는 꿈이 무엇이든지 간에, 우리는 목표를 향해 전진할 수 있습니다.

오늘 나에게 박차를 가하는 무한한 삶의 가능성들로부터 자극을 받을 것입니다.

잠시 동안 걸음을 멈추고 장미 향기를 맡을 때마다
우리가 누리고 있는 이 세상의 온갖 아름다움을 발견
할 수 있다

평소에 우리는 너무나 많은 행복과 너무나 많은 숨겨
진 보물들을 그냥 지나치고 있습니다. 이 장소에서 저 장
소로, 이 사람을 만나고 다시 저 사람을 만나면서, 이 경
험에서 저 경험으로 정신없이 바쁘게 뛰어다니기 때문입
니다.

그러나 참으로 중요한 것은 지금 바로 우리 앞에서 벌
어지고 있는 일입니다. 지금 이 순간은 두 번 다시 돌아오
지 않습니다.

우리가 사랑하는 사람에게 줄 수 있는 가장 커다란 선
물은 진정한 관심입니다. 산들거리는 바람과 아름다운
색깔들, 슬픔과 전율에도 깊은 주의를 기울이면서 살아

가는 것은 우리가 이 인생에 대해 보여줄 수 있는 가장 진지한 관심입니다. 우리에게 필요한 것은 그 이상도 그 이하도 아닙니다.

우리는 이 세상에서 단 한 번 인생을 살아가고 있습니다. 모든 나날들이 축복입니다. 아무리 혹독한 시련이라도 몇 달 혹은 몇 년이 흐르고 나면 신의 축복이었다는 사실을 알게 될 것입니다.

나는 마주치는 모든 것들을 유심히 관찰합니다. 나무와 다람쥐 그리고 이웃들까지도. 지금 보았던 그 모습을 결코 두 번 다시 볼 수 없습니다. 그러므로 나는 세심한 주의를 기울일 것입니다.

성급한 사람과 평화로운 관계를 유지하려면
시간과 사랑 그리고 도움이 필요하다

성급한 태도는 불화를 불러일으킵니다. 아마도 우리는
좀 더 빨리 미래를 향해 달려가고 싶을 것입니다. 직업이
우리의 발목을 붙잡고 있습니까? 과거가 아직도 걸림돌
이 됩니까?

아마도 완벽주의 때문에 우리의 시도가 번번이 좌절되
는 것인지도 모릅니다. 만약 내면 속의 평화와 영적인 안
내자에게 모든 것을 맡긴다면, 우리의 성급한 태도 속에
서도 깨달음을 얻을 수 있을 것입니다.

평화를 추구하는 것이 오히려 평화로부터 멀어지게 하
는 결과를 가끔씩 가져오기도 합니다. 우리는 직업이나
학교 혹은 친구 사이의 관계를 바꾼다면 모든 문제가 해
결될 것이라는 잘못된 생각을 합니다. 그러나 새로운 환

경으로 도망친다고 해도, 성급함은 여전히 우리의 뒤를 따라오고 있습니다. 성급함은 우리가 반드시 거쳐야만 하는 단계를 무시하려는 이기적인 태도입니다.

평화는 바로 우리의 영혼 속에 집을 짓습니다. 그리고 그 집의 문을 열 수 있는 것은 사랑뿐입니다. 언제인가 우리의 인생이 달라지는 때가 찾아올 것입니다. 사랑을 나누면 우리는 그 무엇이든지 이룰 수 있습니다.

성급함은 나의 영적인 건강 상태를 보여주고 있습니다. 지금은 아마도 기도가 필요할 것입니다.

 그리고 당신의 사랑을 담은 우화 26

한 사람이 손가락을 짚으면서 이렇게 말할 수 있는
특정한 지점은 과연 어디일까?
바로 지금 이 순간, 이 장소에서 이러한 사건 때문에
모든 것이 시작되었다……라고

다른 모든 경험과 완전히 분리된 채, 전적으로 순수하
고 독립된 경험이란 있을 수 없습니다. 우리의 인생에는
영원한 흐름이 있습니다. 이 흐름을 따라 우리는 한 경험
에서 다른 경험으로, 한 순간에서 다음 순간으로 흘러가
는 것입니다. 지금 우리가 서 있는 곳, 우리가 달성한 성
숙 그리고 미래의 변화를 위하여 세운 계획들은 과거의
수많은 행동들을 이끌어 내었던 바로 그 욕망의 충동에
의해 이루어진 것입니다.

우리는 특정한 어떤 경험을 돌이켜 생각하면서, 전환
점이라고 부를 수는 있습니다. 그러나 과거에 대한 회상

 ● ● ● ● ● ● ● ● ● ● ● ● ● ● ● ● ● ●

을 잔뜩 늘어놓거나 칵테일 한 잔을 마시는 것으로 이미 지나온 문을 다시 열 수는 없습니다. 각각의 경험은 그 순간 자신의 역할을 이행하면서, 현재와 과거의 인생을 형성하는 것입니다.

우리는 인생의 정상을 만날 수 있습니다. 그리고 역경에 부딪히고 넘어질 때마다 새로운 힘이 솟아난다는 사실을 이해하게 될 것입니다.

모든 나날들이 인생의 훈련장입니다. 그리고 모든 경험은 나로 하여금 소중한 경험의 가치를 깨닫도록 요구합니다. 풍요로운 마음으로 나는 한 번에 한 걸음씩 발전하고 있습니다.

그리고 당신의 사랑을 담은 우화 27

사랑은 자긍심의 표현이며 확신이다
또한 연인에게 자신의 가치를 보여주는 한 방법이다
때로는 미칠 듯이 격렬하게 요동치기도 하지만
강물처럼 잔잔하게 대양으로 흘러간다

우리는 날마다 어느 한 사람을 사랑하려고 노력합니다. 우리가 아직도 이기적인 사랑에 눈이 멀어 있다면, 그것은 더욱 힘겨운 투쟁이 됩니다. 하지만 이런 갈등은 머지않아 지나갈 것입니다.

우리는 아침마다 거울 속에서 우리가 좋아하는 한 사람의 모습을 봅니다. 이렇게 자신이 이루어 놓은 일에 만족할 때, 우리는 주위에 있는 사람들에게도 애정어린 시선을 던질 수 있습니다.

나 자신을 사랑하기 위해서는 연습이 필요합니다. 그것은 아주 새로운 행동방식입니다. 우리는 바로 지금 하

고 있는 일에 대해 평가를 내리기 시작합니다. 그리고 스스로를 칭찬합니다.

내적인 자아가 성숙하면 가치관도 점점 더 발전합니다. 새로운 가치관은 우리를 새로운 상황과 새로운 기회로 인도하게 됩니다. 결국에는 아침마다 거울 속에서 마주치는 그 사람을 사랑하게 되는 것입니다.

나 자신에 대한 사랑은 다른 사람에 대한 연민과 공감을 불러일으킵니다. 그것은 모든 상처에 바르는 향유입니다. 표현에 따라 다양하게 나타나며, 나의 미소 하나로도 시작될 수 있습니다.

순수한 관계란 그 얼마나 아름다운 것인가!
또한 얼마나 쉽게 상처 받을 수 있는 것인가!

우정은 신의 선물이자, 삶이 우리에게 주는 축복입니
다. 우리의 심장을 고동치게 만들고, 고통을 잊어버리게
합니다. 우리는 친구를 만나면서 우정을 더욱 돈독하게
하고, 새로운 관계를 맺으려고 합니다.

순수한 우정은 우리가 친구와 함께 있으면서 그 순간
과 그 경험에 얼마나 충실하게 행동하는가에 달려 있습
니다. 우리는 얼마 동안 행동을 가만히 멈출 필요가 있습
니다.

나 자신이 누구인가를 완전하게 깨닫기 위해서는 존재
에 대한 순수한 경험이 필요합니다. 정지와 휴식으로부
터 행동을 위한 추진력이 나오는 법입니다. 또한 올바른
시각을 잃어버리지 않기 위해 현명하게 행동할 필요가

있다는 점을 깨달을 수도 있습니다.

존재와 행위가 조화를 이룰 때, 정지와 행동이 사이 좋게 함께 이루어질 때, 우리는 완전하고 더 충만한 영혼을 탄생시킬 수 있습니다. 바로 그 순간 우리의 우정은 어떤 역경에도 굴하지 않을 것이며, 진정으로 삶을 즐기고 감사할 수 있는 가장 좋은 위치에 올라서게 될 것입니다.

날마다 나는 자신을 전적으로 내어줄 수 있는 기회를 찾고 있습니다. 그리고 풍성한 선물을 받을 것입니다.

 그리고 당신의 사랑을 담은 우화 29

습관은 나무껍질에 새긴 글씨와도 같다
나무가 점점 성장함에 따라
그곳에 있는 글자도 더욱 커지게 된다

나는 먼저 나 자신을 이해하는 과정을 통해 다른 사람들을 이해할 수 있기를 바랍니다. 나는 능력이 닿는 한 모든 가능성을 이룩하려고 합니다. 내가 해결할 수 없는 문제들로 인해 더 이상 고민을 지속하지는 않을 것입니다. 나는 지금 행복하고, 현재의 모든 것에 만족합니다.

이 세상은 우리가 충분히 만족할 수 있는 곳입니다. 혼란의 소용돌이 속에서도 우리가 반드시 기억해야 할 것은 세상이 평화롭다는 사실입니다. 혹독한 시련 속에서도 어려움과 고통을 동반한 교훈이 있습니다. 그것은 우리가 이루고자 하는 목표 속에서 필연적으로 만나게 되는 과정입니다.

우리 모두는 인생이라는 나그네길을 위해 특별한 선물들을 준비하고 있습니다. 그러한 선물의 정체는 고통의 과정 중에 인식될 수 있습니다. 그리고 그 결실로 선물이 있는 것입니다.

모든 것이 순조롭게 진행되고 있습니다. 우리는 잔잔한 행복감에 젖어들고, 돌을 던질 때마다 파문은 인생의 수면 위로 몰려듭니다.

우리는 교훈을 통해 나를 비롯한 모든 사람들을 이해하게 됩니다. 행복이란 날마다 목표를 성취하는 과정 속에 있습니다.

 그리고 당신의 사랑을 담은 우화 30

하나의 문화 속에서 개인이 인정을 받는가, 무시를 받는가 하는 차이는

그의 노력과 자세를 통해 규정된다

때로는 그 척도가 사랑이 되기도 한다

성실하고 진지한 자세로 살아가지 않으면서 자신의 존재를 높이 평가받기 원하는 사람들이 있습니다. 그러나 사회의 인정을 받는 것은 삶의 과정 속에서 서서히 나타나는 것입니다.

어린 시절에 우리는 무조건 다른 사람의 말에 순종하고 그들을 기쁘게 하도록 교육을 받았습니다. 우리는 다른 사람의 말에 장단을 맞추면서, 더욱 순응적으로 길들여지게 되었습니다.

그것은 우리의 정당한 의지와는 무관하게, 마치 꼭두각시와 같은 삶을 살아가게 되었다는 사실을 의미합니

다. 나의 욕망은 다른 사람의 욕망으로 대체되었습니다.

나의 자유란 능동적인 행위에 따른 선택이지, 억지로 강요된 것이 아닙니다. 자유는 인생이라는 모험의 장에 나를 던지는 것입니다. 그리고 날마다 최선을 다하는 일입니다.

우리는 인생의 무대 위에서 각각의 독특한 역할을 맡고 있습니다. 지금 나에게 필요한 것은 나 자신의 의지입니다. 다른 사람이 인정해 주기를 기다리면서 그저 지시에 따르는 것이 아닙니다. 나의 의지에 따를 때, 다른 사람들도 내가 걸어가는 길을 인정할 수 있는 것입니다.

나는 자유롭고, 아무도 나를 간섭할 수 없습니다. 나는 오직 나 자신에게 인정받기를 원할 뿐입니다. 나의 결정에 따르는 것은 올바른 일입니다.

모든 일에는 약간의 어려운 난관이 존재한다
하지만 우리가 그 일에 대해 두려움을 느낄 정도는 아
니다

인생은 고난과 위기 그리고 도전의 연속입니다. 우리
는 자신감이나 혹은 두려움을 가지고 인생과 대면하게
됩니다. 두려움에 사로잡혀 있을 때, 우리는 자신감을 모
두 상실할 수밖에 없습니다.

"저것은 분명히 실패할 거야. 난 그 일을 하고 싶지 않
아."

이런 식으로 포기하면, 승리를 거둘 수 있는 일조차 스
스로 외면하게 됩니다. 만약 우리가 위험하고 힘든 일에
도전한다면, 인생에는 승리와 패배가 있고 고통과 행복
이 공존한다는 사실을 깨닫게 될 것입니다.

인생에는 언제나 위험이 도사리고 있지만, 또한 그에

따르는 응당한 보상도 존재하고 있습니다.

모든 선택은 우리가 직접 하는 것입니다. 결정을 내릴 때마다 우리는 두려움의 그늘 속에 갇히게 됩니다. 실패의 두려움 속에서 아무것도 하지 않는다면, 성공의 기회 또한 스스로 포기하고 마는 것입니다.

우리는 아무리 힘든 역경도 헤쳐 나갈 수 있습니다. 저기, 수많은 기회가 우리를 기다립니다.

나는 이 시대에 어떠한 자세를 견지하면서 살아가야 하는지 너무나 잘 알고 있습니다.

삶을 재충전하는 것은
육체와 정신의 즐거움과 기쁨이다

우리의 몸에 치명적인 질병도 웃음으로 치유될 수 있습니다. 편안한 마음과 여유 그리고 웃음으로 인해 불치병이 완치된 경험은 우리의 주위에서 얼마든지 찾아볼 수 있습니다.

대부분의 사람들에게는 육체와 정신의 휴식이 필요합니다. 웃음은 우리의 삶에 활력을 제공합니다. 웃음은 세포 감각이 더욱 생기에 넘치도록 만듭니다.

그러나 우리는 자주 부정적인 생각에 사로잡혀서 웃음을 잃어버리게 됩니다. 불행하게도 우리에게는 부정적인 사고가 습관처럼 굳어버린 것입니다. 불평만 늘어놓는 삶을 웃음이 담긴 여유있는 모습으로 바꾸기에는 이미 늦었다고 생각하는 사람이 있을지도 모릅니다.

우리는 실수 속에서도 여유를 갖고 고통 속에서도 배울 수 있는 긍정적 자세를 유지해야 합니다. 그것은 우리의 육체와 정신을 즐겁게 만들 것입니다.

웃음은 긍정적인 삶의 출발입니다. 웃음을 하나의 습관으로 만들 수도 있습니다. 다른 사람에게 나누어줄 수도 있습니다. 웃음은 모든 상황을 호전시키고, 다른 영역으로 확산됩니다. 우리를 괴롭히는 모든 것의 처방이 바로 웃음인 것입니다.

병을 치료할 수 있는 가장 좋은 약은 바로 웃음입니다.

산다는 것
그것은 서서히 다시 태어나는 것이다

우리는 하나입니다. 우리는 서로가 밀접하게 연결되어 있는 상호의존적인 전체의 한 부분입니다. 우리는 서로 떨어져 있지 않습니다. 단지 이기적인 마음이 우리를 둘로 갈라놓고 있을 뿐입니다.

우리가 서로 긴밀하게 연관되어 있다는 사실을 이해할 때, 비로소 모두가 하나의 전체를 구성하고 있다는 것을 자각하게 됩니다. 그렇게 된다면, 우리의 모든 두려움은 사라질 것입니다.

우리가 과연 누구인가 하는 문제는 우리가 다른 사람에게 대하는 행동을 관찰함으로써 깨닫게 됩니다. 다른 사람들은 우리의 반영이며, 사랑해야 할 우리의 일부입니다.

따라서 우리는 서로에 대한 신뢰와 믿음을 품고 있어야 합니다. 우리가 서로를 신뢰하고 사랑한다면, 고통과 절망이 지배하는 상황이란 존재하지 않을 것입니다.

아름다움은 화음이고, 우아함은 선율입니다.

내 인생의 나침반

지금까지 나는 가슴 저미도록 아름다운 노래를 부릅니다. 한 줄기 바람이 그 노래를 실어 멀리까지 날아가고 있습니다. 강이 바라다보이는 언덕, 아침이면 배들이 기지개를 켜면서 나지막한 고동 소리를 울립니다. 푸른 물결을 헤치면서 희망을 실어 나르기 위해 출항하는 것입니다.

한 장의 그림엽서처럼 아름다운 풍경입니다. 어쩌면 우리도 한 척의 배처럼 인생의 항로를 따라 떠다니고 있는지도 모릅니다.

그런데 내 인생의 나침반이 있습니다. 그것은 바로 당신입니다. 이 세상 살아가면서 나는 오직 당신에게 머리를 기대고 있습니다. 고향처럼 깊은 사랑을 담고 있는 당신. 문득 당신 어깨에 손을 얹으면 사향 냄새가 피어오르는 것만 같습니다.

얼마 전에 나는 사랑에도 그 빛깔이 있다는 사실을 알았습니다. 그저 망연히 바라보면 눈이 시리도록 빛나는 프러시안 블루, 강의 물결처럼.

당신은 온통 그런 빛으로 둘러싸여 있습니다. 당신이 아프면 나도 아프고, 당신이 웃으면 나도 따라 웃습니다. 날이 저물면 별이 떠오르는 것처럼, 아득한 절망 속에서도 나는 희망을 꿈꿀 수 있습니다.

하지만 이런 사랑은 비단 나 혼자만의 소유가 아닙니다. 가슴 넘치도록 누군가를 사랑하는 그 모든 사람들의 것입니다. 책장을 넘기면 사랑이 남긴 흔적을 발견할 수 있습니다. 모든 것이 사라진 듯한, 세상이 나에게 등을 돌리고 있는 듯한 고통을 겪게 되는 순간에도 사랑의 흔적은 우리에게 희망을 줄 것입니다. 영혼의 상처를 치유할 수 있는 힘, 나는 그것을 사랑이라고 부릅니다.

독특한 사랑, 날마다 지친 날개를 늘어뜨리고 돌아오는 사랑에게 넉넉한 어깨를 빌려주는 것은 얼마나 행복한 일인가요.

Closing

우리가 반드시 알고 있어야 하는 것이 있습니다.

그것은 이 세상에 나와 같은 사람이 단 한 명도 없다는 사실입니다.

가끔씩 우리의 행동이 마음에 들지 않기도 하지만

'나'를 사랑하지 않을 이유는

그 어디에도 없습니다.

사랑을 버리고, 삶이 어떻게 아름다울 수 있을까요?

아득한 그리움은 언제나 예사롭지 않은 것입니다.

천국의 새는 애써 잡으려고 하지 않을 때

손바닥으로 내려와 앉습니다.

우리들의 사랑을 만드는 세 가지 마음
진심 합심 열심

초판 1쇄 인쇄 2010. 7. 20
초판 1쇄 발행 2010. 7. 26

지은이 | 카렌 테레사
옮긴이 | 박해림
펴낸이 | 안희숙
펴낸곳 | 밀리언셀러
주소 | 서울시 마포구 합정동 427-6 2층
전화 | (010)9229-1342 팩스 | (02)336-0402
이메일 | kjh1341@naver.com
출판등록 2009년 7월 30일 제2009-12호

ISBN 978-89-963196-2-7 03870

＊책값은 뒤표지에 있습니다.